君のために鐘は鳴る

王《おう》元《げん》

WANG YUAN

玉田誠●訳

喪鐘為你而鳴

文藝春秋

君のために鐘は鳴る◉目次

装画
星野勝之

装丁
征矢 武

図表制作
上楽 藍

君のために鐘は鳴る

〈地階見取り図〉

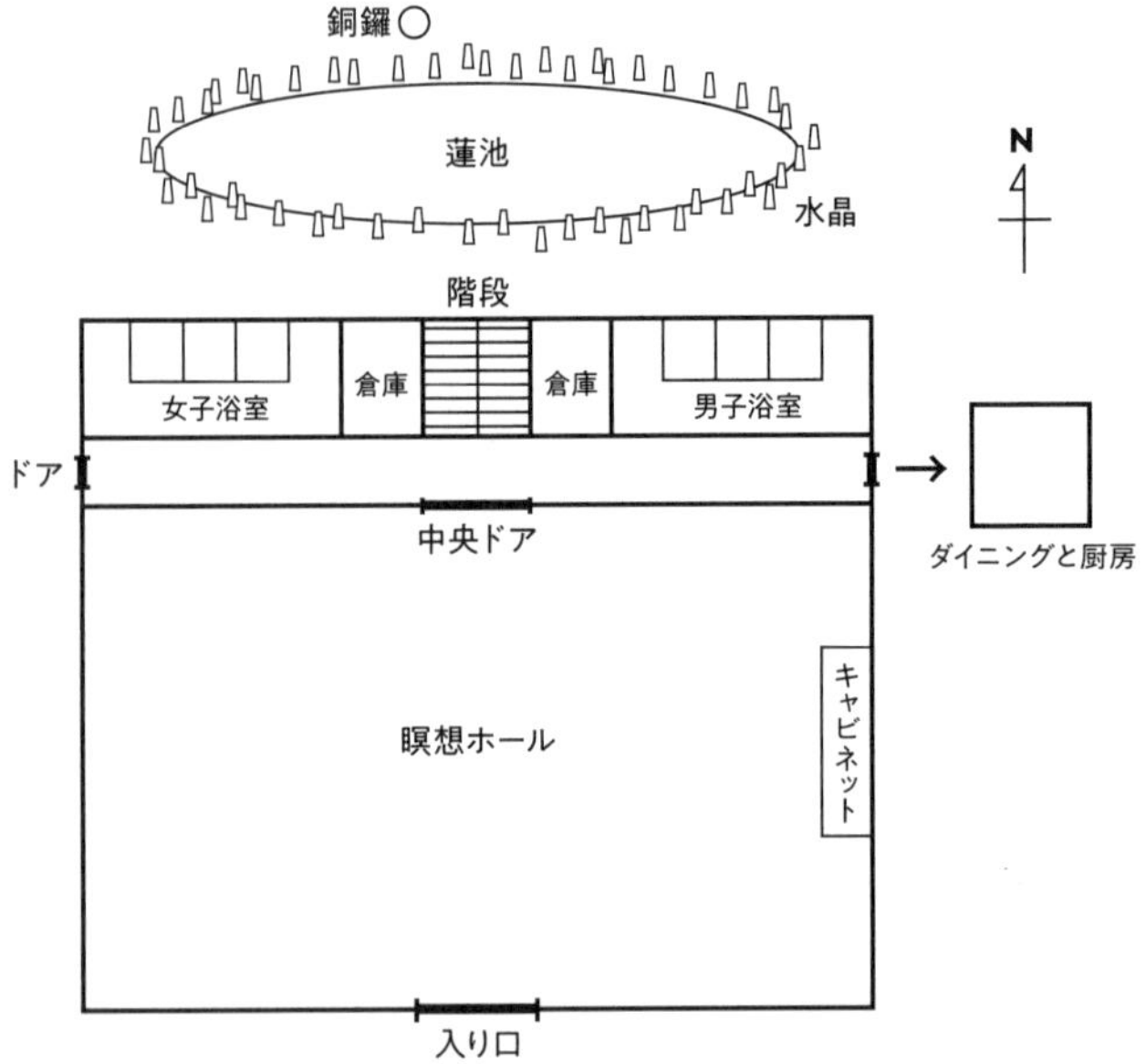

〈デジタルデトックス参加者・スタッフの部屋割り〉

L女性棟			階段	R男性棟			
L303	L302	L301		R301	R302 劉東尼	R303	第三フロア
L203	L202 吉亞	L201		R201 陳博士	R202	R203 高哲生	第二フロア
L103 瑪那	L102 房	L101 李多娜		R101 李麥克	R102	R103	第一フロア
							地階

※イギリス方式の階名

プロローグ

1

ミステリ作家にとって、時間とは神秘的な錬金術のようなものといえよう。

３Ｄ空間に時間という新たな次元を加えることで、物語は息づき、変化し、そして消えていく。

時間軸を操ることによって、作者はアリバイを弄して読者を欺《あざむ》くことも可能となる。

かねてより優れたミステリ作家は、さながら魔術師のように時間と戯れ、あたかも道化師のごとく、物語、空間、時間という三つのボールを巧みに操りながら様々な変化を凝らして読者を魅了してきた。

一方で、時間はまたその時代を象徴している。

二十一世紀となり、私たちはデジタルの時代に突入した。

デジタルの時代は、相互接続の時代といえよう。

すべてのものは接続され、無機質で冷ややかな機械《マシーン》は有機体となり、脳のごとき巨大な神経ネットワークを形成することによって、すべての物《モノ》が相互にデータのやりとりを行うことを可能とする。

例えば、冷蔵庫は冷蔵庫、洗濯機は洗濯機、水道メーターは水道メーターというように、それぞれは独立したかたちを持っている。

しかし「ＩｏＴ《モノのインターネット》」においては、それらが互いに通信を行い、最適な資源配分を実現するのだ。誰もが観たことのあるディズニーのアニメ『美女と野獣』のように、家具や食器が互いに通信しながら、サービスを提供する。ＩｏＴとは、まさにおとぎ話が現実のものとなったといえよう。

なんびとも一島嶼《とうしょ》にてはあらず
なんびともみずからにして全《まった》きはなし
人はみな大陸《くが》の一塊《ひとくれ》
本土のひとひら

この詩は、すべてのものが繋がるこの時代を見事に表現している。

樹木の葉が陽光を吸収し、根に滋養《じよう》を送るように、土中に這いのびた根は雨水を吸い上げ、幹から梢《こずえ》へと送り出す。

鳥は木の実を咥《くわ》えて空を飛翔し、離れた土地に種を含んだ糞を排出する。やがて新しい命が花を咲かせて実を結ぶ――自然環境においては、そうしてすべてのものが繋がっている。無神論者である私といえど、この大いなる営みを見るにつけ、自然とは造物主の手になる偉大な作品であり、驚くべき奇蹟であると考えざるを得ない。一方で私たち人類は、造物主より与えられた頭脳をもって、奇蹟にも匹敵する世界を創り出してきた。すべてのものが繋がっている世界においては、眼に見えぬネットワークによって、あらゆるデータが血液のように循環する。テクノロジーはケーブルの被覆に過ぎず、データこそが電流を流す核《コア》となる。

デジタル時代においてこそ、人間の創造性は最も発揮されるであろうと私は考える。同時にこの時代の本格ミステリ作家は、読者によるあら探しに悩まされることにもなろう。

考えてみてほしい。個人情報がたやすくネットにアップロードされ、街中に監視カメラが設置されているなかで、果たして犯人は『ギリシャ棺《ひつぎ》の謎』のような大胆なトリックを実行することができるだろうか。

考えてみてほしい。スマートスピーカーが家庭内のあらゆる会話のデータを記録収集する時代に、完全犯罪を行うことが果たして可能であろうか。

警察がビッグデータの分析を行い、十年以上の長きにわたって逃亡している犯罪者を見つけ出す。その人物に犯罪傾向があるかどうかを事前に判断できる時代において、果たして犯罪を行うことなど可能であろうか。

これに対する唯一の解決策は、「時間軸」を大胆に転換させることだ。物語の舞台をデジタル機器やデータをアップロードできない非インターネット時代に戻すことであろう。

しかしながら、デジタルテクノロジーに情熱を注ぐ書き手は、いたずらに時計の針を戻したくはない。創造したいのだ。この二十一世紀にふさわしい作品を書いてみたいのだ。

私が『データコクーン』を執筆した理由もそこにある。

『データコクーン』はクローズドサークルもののミステリであり、舞台は、ホテルやショッピングセンター、アミューズメント施設など複数のスマートビル群が相互に接続され、無人のコミュニティを形成する孤島である。この島の所有者がバトルロワイヤルゲームを開催し、最後まで生き残った者はこの島の所有権を得ることができる。

ゲームに参加するプレイヤーは全部で十二人。

プレイヤーにはスマートブレスレットが与えられ、スマートアシスタントを呼び出して、コクーンからデータを抽出することができる。

そしてこの十二人のなかに殺人者が潜んでいるのだ。

無人エリアは、レッド、イエロー、グリーンの三つのゾーンに分かれている。

レッドゾーンに入ると、参加者の個人データが公共のデータネットワークにアップロードされ、誰もがコクーンを介してその内容にアクセスが可能となる。

イエローゾーンに入ると、データの改竄《かいざん》はできるものの、それはあくまでキャッシュに保存されるだけの一時的なものである。

グリーンゾーンに入っているときのみ、データはアップロードされない。

三つのゾーンの位置や大きさは、機械的に変化する。

レッドゾーンだったところが、次の瞬間にはイエローゾーンになっている可能性もあり得る。

殺人者は、プレイヤーのデータを用いて参加者の弱点を見極め、行動する機会を窺っている。

また、プレイヤーは、グループに偽のメッセージを書き込むことで、殺人者を誤導することも可能だ。

個人データは十一のレイヤーに分かれていて、なかでも最も容易にアクセス可能なのは、身長、体重、血液型などで、さらに深いレイヤーには、心拍数、血圧、血糖値、運動量、酸素濃度、体温などが保存《セーブ》されている。

プレイヤーが一人死亡すると、生存者のセキュリティラインは突破され、データは次々と流出していく。生存者が一人になると、そのプレイヤーを映し出した監視カメラの映像が殺人者へと送られ、その居場所が特定される。

つまり、プレイヤーたちは密閉された屋内において、お互いを監視することになるのだ。互いの歩数計をチェックし、自分と他の参加者の歩数から、相手の居場所を突き止めることができる。死体を発見した際には、部屋に設置されているスマートメーターをチェックして、犯行後に誰かがトイレを使ったかどうかなどを推測することも可能だ。

これこそが、この時代に書かれるべき本格ミステリである。デジタル時代の到来は必然といえ、今後もさらに拡大発展を遂げていくであろう。だとすれば、そうした時代の変化は、本格ミステリの物語にもまた取り入れられていくべきである。

『二〇一七年このミステリが面白い！　ベスト10』に拙作がランクインしたことは大変嬉しく思う。私にも一定数の読者が確実に存在し、彼らにこの作品が共感を持って受け入れられたことの証左といえよう。

『データコクーン』は私にとっては創作のマイルストーンであり、これからも、この時代にふさわしいミステリを書いていくつもりだ。

最愛の妻と息子に感謝を捧げたい。

この世界に二人がいなければ、私は私でなくなってしまうだろうから。

2

二〇二〇年十二月十九日　ニュース速報
『データコクーン』作者・周云生《ジョウユンション》、最愛の妻の急逝により断筆を決意

本日午前九時、ミステリ界にセンセーションを巻き起こした『データコクーン』の作者であり、毎年恒例の『このミステリが面白い！　ベスト10』に二年連続でランクインした作家が、出版社を通じて断筆を宣言した。

中国系アメリカ人のミステリ作家である周云生は三十三歳で、中国のミステリシーンにおいて最も人気のある作家の一人。『３Ｄプリンタールームのトリック』でデビューし、多くの読者からの支持を得ていた。彼の作品は、デジタルテクノロジー時代を舞台にしているのが特徴で、意表を突いたトリックと個性的な作風で知られる。二〇一七年には三冊目となる『データコクーン』を出版。この作品はベストセラー・ランキングに入り、複数の言語に翻訳されて海外でも好評を博した。また、『データコクーン』の版権をゲーム会社が買い取り、ゲーム化もされている。

三年前、周云生は文学賞の授賞式で、今世紀にふさわしいミステリを書き続けると語っていた。しかし、新刊は長きにわたって出版されることなく現在に至っている。妻が筋萎縮性側索硬化症《ALS》と診断されたことがその理由で、周云生は妻のために、三年前から最新の治療法を模索していたが、妻の容態は悪化の一途をたどっていた。

その妻、白静文《バイジンウェン》が自宅で亡くなったのが一年ほど前。警察の捜査によると、白静文は夫の外出中、在宅介護士を退出させて部屋に閉じこもり、果物ナイフで心臓を刺して自ら命を絶ったという。

妻の死後、周云生は読者との交流を目的に運営していたブログや動画サイトをすべて閉鎖した。

噂によると、彼は、妻の突然の死に打ちのめされ、深刻な鬱状態に陥り、その後、テネシー州の民間療養施設で半年を過ごしたという。退院後は長年暮らしていたアメリカを離れた。

その二週間後に、南太平洋の離島で彼は目撃されている。目撃者によると、周氏は少女を抱いていて、すっかり憔悴《しょうすい》したその姿は、妻の死からまだ立ち直っていないように見えたという。

周云生のコメントに対して、彼の作品を刊行してきた出版社の編集長は、彼の決断に遺憾の意を表するとともに、彼の幸福を祈ると語った。

第一章

1

眼を開けると、私は桟橋に横たわっていた。眼前には太陽に照らされた紺碧の海が広がっている。その景色をしばらく見つめたあと、私はようやく立ち上がって後ろを振り返った。そのときである。私は激しい衝撃を受け、一瞬にして頭の中は真っ白になっていた。

どういうことだ……。

いったいここはどこなのだろう？

小さな島であることは間違いない。しかし、ここは昨日まで私がいた島ではなかった。慌てて記憶の奥底から何かをたぐり寄せようとすると、最後に覚えていた情景が鮮やかに眼に浮かんできた。

私は子どもと一緒にベッドに横たわっていた。彼は、いつもうちに遊びに来ていた少女の話をする——。

『玻莉《ポリー》ちゃんがね、銀紫色の貝殻をくれたの』

あの子は玻莉のことが大好きだった。そして私は「銀紫」という色の表現が好きだった。

昨夜でついに島での生活も三週間となり、それまではなんの問題もなかった。

だったら、私はどうしていま、ここにいるのだろう？

頭はいっそう混乱するばかりだった。時計を見るとまだ三時半である。午後だ。私は頭上に降り注ぐ暖かい陽射しを浴びながら、あたりを見まわした。桟橋から五百メートルほど離れた遠景に白い建物が浮かんでいる。そこまで歩いて行こうかと迷っていると、ふいに海の向こうからやってくる何かが私の注意を惹いた。

それは最初、小さな白い点に過ぎなかったが、こちらへ近づいてくるにつれ、その正体は明らかとなった。

それは一艘の船だった。

とどろく胸を鎮めかねているうちに、眼の前に超豪華な高速艇がゆっくりと近づいてくる。その姿は今まで見たことがないほどに印象的だった。

高速艇は桟橋に近づくと、エンジンを停止させる。

しばらくしてキャビンから出てきたのは、老若男女様々な人からなる集団で、彼らは一様に白い上着とズボンを着こみ、旅行カバンを背負ったり、手に提げたりしている。

彼らが一人ずつ船から下りてくる。

私は慌てて前に進み出た。

最初に下りてきたのは、母と息子のようだった。私は「すみません……」と声をかけようとする。だが母親は無表情のまま私を無視し、息子の手を引いて、すたすたと眼の前を通り過ぎていく。

私が仕方なく向き直ると、続いて下りてきたのは男性の二人組だった。

「ちょっと――」

二人は、見たところいかにも人の良さそうな雰囲気ではあったが、こちらを無視したまま私の前を通り過ぎていく。眼の端でちらと私を見ることもなく、まったく気にも留めていない様子なのがまた奇妙だった。

いいようのない不安と恐ろしさが込み上げてくる。

いったいどういうことなのだ？

最後に出てきたのは、赤毛の若い女性と中年の男性だった。

彼女の姿を見た瞬間、ふいに体をつらぬいて走る得体の知れぬ感情に、私は思わず身震いすると、

「阿静《アジン》！」

そう大声で叫んでいた。

声をかけたあとになって、ただの見間違えであったことにようやく私は気がついた。妻はとっくに亡くなっているのだ。さらに、よくよく見ると、彼女は妻とは似ても似つかぬ顔立ちではないか。

私がかなり大きな声で叫んだにもかかわらず、眼の前を通り過ぎていく二人に、私の声はまったく聞こえていなかったらしい。かといって、連中がわざと私を無視しているわけでもないように見える。最後に出てきた背の高い痩せた男性が、眼の前を通り過ぎようとしたそのとき、私は慌てて彼の腕を摑もうと手を伸ばした。

「ちょっと待ってくれ！」

その瞬間、私は自分の眼を疑った。

私の手が男の身体に触れた途端、私の身体は跳ね飛ばされてしまったのである。

もう一度やってみようとする。しかし私の手はあっけなく跳ね返され、掌《てのひら》には痺れたような感触だけが残っていた。

中年男は何も言わずに立ち去っていく。

私は自分の掌を見つめたままその場に呆然と立ち尽くした。頭の中は言い様のない恐怖感に満たされている。

彼の身体に触れることができなかった。

そして彼らには私の姿が見えていないらしい。

私は死んでしまった……のか？

それからどれくらいの時間が経ったのだろう。ようやく我に返って後ろを向くと、いつの間にか高速艇は姿を消していた。下りてきた六人の男女は、すでに白い建物の中に入ってしまったらしい。

いったいどうすればいいのだろう。これが現実なのか夢なのかわからぬまま呆然としていると、先ほどの女性の顔が脳裡に浮かび、私はいつの間にかその白い建物に引き寄せられていた。

近づいてみると、それは四階建ての館であることがわかった。建物の外観はとても地味で、オフホワイトの壁もひどくざらついている。

館の入り口は南側にあり、彼らが入ったあともドアは開け放たれたままだった。

彼らには私の姿が見えていないとわかってはいても、勝手に立ち入るのは躊躇《ためら》われる。

開いているドアから建物の中を覗くと、内部は想像していた間取りとはまったく違っていた。

修道院を思わせるようなホールになっていて、二、三十人は収容できそうな広さである。東側の壁に設《しつら》えられた質素な木製のキャビネットを除けば、ホールには何もないと言っていい。まさに空っぽという感じだった。

ホールには六人の男女が入り口を背にしてばらばらに佇《たたず》んでいる。先ほど高速艇から下りてきた六人に違いない。

　ここで私にもようやく、じっくりと彼らの様子を窺う余裕がでてきた。

私のすぐそばに立っているのは母とその息子で、母親は四十がらみの、肌理《きめ》の細かい肌をした美しい顔立ちの女性だった。彼女は小柄だったが、その瞳には圧倒的な存在感があり、意志の強さを感じさせる。彼女は、傍らに立っている、自分と同じほどの背丈の少年の肩に右手を添えていた。十一、二歳に見える少年は母親と同じ瓜実顔だが、長い睫毛《まつげ》を羽のように動かし、見開いた両眼で油断なくあたりを見まわしている。

　年格好からすると親子といえそうな男たちが、私の左右に並んで立っていた。年配の男性は、五、六十歳くらい。短髪で、象牙の塔で暮らす老学者を彷彿《ほうふつ》とさせる。傍らの青年は二十五、六といったところだろうか。老学者とは似ても似つかぬ爽やかな顔立ちで、澄んだ眼が印象的だった。

　二人の様子からは、親子のようには見えなかった。

　その隣に立っているのが、先ほど私が触れることさえできなかった四、五十歳ほどの中年男性で、とりたてて眼を惹く顔立ちではないものの、精悍《せいかん》に引き締まった体つきからは、ビジネスリーダーといった風格さえ感じられる。

　そして最後に、私が妻だと勘違いしたあの女性だ。

　佇んでいる彼女をよくよく眺めると、その顔はやはり妻とは似ても似つかない。先ほどの青年と同じくらいの年齢であろう。雪のように白い首筋の――喉のあたりには、不思議な美しさのタトゥーが見てとれた。赤く染めた短い髪の下に窺える美貌はただならぬもので、密林に棲まう小さな獣さながらに大きな眼を輝かせている。

そう、その眼だ。その眼が動くと、妻の面影が少しだけ感じられるような気がする。

いったい彼らはどんな関係なのだろう？　なぜ彼らは一様に同じ服を着て、この島にやって来たのだろう？　まばらに立っている様子からすると、お互いに顔見知りというわけでもないらしい。

そのとき、ホールの北端にある木製のドアがゆっくりと開かれた。

入ってきたのは、同じく白い上着にズボンを穿いた短髪の女性だった。

彼女はゆっくりと私に近づいてくる。

歳は三十歳くらいだろうか。背の高い中国系アメリカ人で、深い蜂蜜色の肌を輝かせ、理知的な雰囲気を醸し出している。彼女が近づくと、私は針葉樹林の中を歩いているかのようなふしぎな心地になった。

彼女はドアのところで立ち止まると、私に背を向けて話し始めた。

「みなさま、サンディ島へようこそ。瑪那《マナ》と言います。これから五日間、みなさまのデジタルデトックスのインストラクターを担当いたしますので、どうぞよろしく」

「デジタルデトックス」という言葉に、私はにわかに慄然とした。

この言葉を耳にしたのは今が初めてではない。私も、デジタルデトックスがＩＴや金融業界のエリートの間で流行していることはかなり以前から知っていた。

簡単に言うと、一定期間デジタルデバイスから距離を置き、ネットのない生活を送ることを意味する。例えば、あるソーシャルメディア・プラットフォームのＣＥＯが、ミャンマーの奥地に分け入り、十日間のデジタルデトックスを実践したという話を耳にしたことがある。

また、普段からいわゆる「ネット断ち」をして暮らしている人もいるらしい。

デジタルデトックスも、以前はエリートが自身のステータスをアピールするためのものだと思われていた。それはまるで、彼らがおしなべて熟成茶を飲み、ビーズワックスを使うようなものといえよう。

再び瑪那の声がホールに響き渡った。

「これからの五日間、みなさまがテクノロジーの影響力から解放され、自分の心と身体を取り戻すお手伝いをさせていただきます。みなさまが五日間過ごされるこの島には、電気もネットもありません。サニタリーのため、水道水だけは使うことができますが——主催者からお知らせしました通り、島での生活には重要なルールがございます。

そこで私からこの点について、もう一度ご説明いたしましょう。

第一に、デジタルデトックスの期間中、みなさまには、会話をはじめ、他人とのスキンシップ、視線を合わせることは控えていただきます。

第二に、この五日間は菜食のみといたします。一日二食で、昼食後の飲食はできません。

第三に、この期間中は、読書やメモをとること、音楽を聴くことも禁じます。

第四に、化粧をしたり、匂いのあるケア用品を使用したりしないでください。また装飾品の着用を控え、提供いたしました白い上着とズボンを着用してください。

五つ目ですが、殺生は許されません。以上です」

よくよく見てみると、確かに彼らはノーメイクだった。

「五番目はちょっと厄介だな」

中年男性は薄笑いを浮かべて、さらに言った。

「だってさ、俺たちは結局、毎日たくさんの細胞を殺しているんだぜ」

その話を聞きながら、傍らに立っている青年が口を挟んだ。

「僕は一日二食しか食べられないことの方が心配だね」

瑪那は口許の笑みを絶やさずに、

「スケジュールは事前にみなさまにお渡ししてありますが、あそこのキャビネットの横にも貼ってあります」

そう言って、向こうのキャビネットを指さした。

「明日が正式な初日となります。先ほど説明いたしました規則は明日からとなりますため、本日夕方五時にはみなさまにディナーを提供する予定です。

それまでは、シャワーを浴びていただき、荷物を持って各自の部屋で休んでいただいて結構です。夕食後の七時から、明日の準備のために一時間の講義を行いますのでよろしくお願いいたします」

瑪那はそこで話を切ると、

「さて、ここでこの館の内部を簡単にご案内いたしましょう。間取りはとてもシンプルで四つのフロアに分かれています。私たちがいるこのフロアが瞑想ホールで、滞在中のほとんどの時間はここで瞑想を行うことになります」

「これは3Dプリンターで作られた建物なんですか？」

若者があたりを見まわしながら訊いた。

「その通りです」

これには私もおどろいた。３Ｄプリントハウスは、大型プリンターによって作られた建物のことで、印刷の素材にセメントを使用する。なるほど、どうりで建物の外壁が地味に見えたわけだ。

「それでは私についてきてください」

瑪那の後に続いて、ホールの北側に開け放たれたドアを抜けると、その向こうに二つの階段が現れた。

「ご覧の通り、このドアの先には二つの階段があり、それぞれが男性棟と女性棟につながっています。第一フロアから第三フロアまでは、真ん中の壁で仕切られていて、各フロアにはシングルルームが三部屋あり、向かいに共用トイレがあります。ただそこはトイレと洗面台のみで、シャワーはありません」

「じゃあ、シャワーはどうすればいいのかしら？」

赤い髪の女が訊くと、瑪那が答えた。

「浴室がこのフロアにあります。男性用女性用それぞれ三つずつシャワーブースが設置されていますので、そちらをご使用ください。各フロアの説明は以上です」

「食事はどこで？」

若者がそう言うと、瑪那は右手の廊下を指さした。その突き当たりには、木製のドアが開け放しになっている。

「この東側のドアを出てまっすぐ行くと、ダイニングがあります」

彼女はそこで言葉を切ると、

「それではみなさまに部屋の鍵をお渡しいたします。このあとは浴室を使い、各自の部屋に荷物を置いたあと、地階に集合してください」

みんな一様にうなずいた。

瑪那はみんなを連れて瞑想ホールに戻ると、木製のキャビネットから、部屋の鍵を取り出して、

「李多娜《リーターナー》さん」

名前を呼ぶと、少年の肩を抱いていた女性が顔をあげた。瑪那はごくありふれた部屋の鍵を手渡しながら言った。

「部屋は第一フロアのＬ１０１号室になります。次に陳理査《チェンリチャード》博士」

老学者めいた男がＲ１０３号室の鍵を受け取ると、ふいに物憂げな表情になった。

続いて高哲生《ガオジョーション》という若者はＲ２０３号室、劉東尼《リュートニー》と呼ばれた中年の男の部屋はＲ１０１号室に割り当てられた。

「なかなか面白い。男女の部屋が性別じゃなく、左右で記されているのを見たのは初めてだな」

彼の話に瑪那は微笑すると、次の名前を呼んだ。

「吉亞《ジア》さん」

赤い髪の女性だった。彼女の美しさは参加者の中でも際だっていて、劉東尼という男の眼が一心に彼女へと注がれているのに私は気がついた。

彼女の部屋はＬ２０２号室で、鍵を受け取ると、つくづく部屋番号を眺めながら、

「右と左でいいんじゃないかしら。男女平等で」

「最後は李麥克《マイク》さん。部屋はＲ２０１号室になります」

そう言って、瑪那が少年に部屋の鍵を渡そうとする。しかし彼が上の空のまま、いっこうに鍵を

受け取らないのを見ていた李多娜が、横合いから口を挟んだ。

「ちょっと待ってください。この子は私と一緒の部屋でお願いします」

「申し訳ありません。この館はすべてシングルルームなんです」

「それでもいいですから」

「それに、ここでは男女別々に滞在していただくのが規則となっています。ご参加いただく前に、担当者から説明があったと思いますが」

「この子は一人でいることができないんですよ」

そう言いつのる李多娜に、瑪那はにべもなく首を振ると、

「申し訳ありません。規則に例外はありませんので」

李多娜は愛想笑いを浮かべて、

「本当に駄目なんですか」

「ええ。申し訳ありませんが」

と言うと、瑪那はさらに続けた。

「参加者の方々のプライベートは私も存じ上げていないんです。私の仕事は、主催者の指示に従い、みなさまにデジタルデトックスのコースをご案内することですので」

李多娜が射すくめるように鋭い眼を彼女に向けていると、

「ひとりで大丈夫だよ。大丈夫だってば」

李麥克が、横から蚊の鳴くような声で囁いた。

なんとも気まずい沈黙が続いた。李多娜はじっと息子を見つめていたが、やがて顔をあげると、

「わかったわ。でもこの子は第二フロアじゃ駄目。第一フロアにしてちょうだい。できるだけ私のそばにいてほしいの」

当初は、陳博士と劉東尼が第一フロアで、高哲生と李麥克が第二フロアのはずだったが、これは恐らく年齢で割り振ったのだろう。参加者の年齢はわからないが、見たところ陳博士がこの中では最年長で、次に劉東尼、高哲生、李麥克ということになるのではないか。高哲生と李麥克は若いということで第二フロアに落ち着いたのだろう。

「だったら俺の部屋をこの子にあげるよ」

劉東尼が突然笑いながらそんなことを言った。

「この部屋は階段にも近いしな」

瑪那は少し迷っているようだったが、やがてうなずくと、

「わかりました。劉さん、申し訳ありませんが、部屋を替わってください」

「俺は第三フロアがいい。部屋が空いてるなら、高ければ高いほどいいってもんさ。俺は高いところが好きなんだ。景色もいいし。それじゃ俺はＲ３０２号室でいいかな」

劉東尼がにやついた顔で訊くと、瑪那は、

「もちろんです」

と言って、彼に部屋の鍵を手渡した。

李多娜は劉東尼に眼を向けることなく、陳博士の方を振り返って、

「だったら、あなたは第二フロアに移っていただけませんか。息子はまだ小さいので、同じフロアだとお休みのところをご迷惑をおかけしないかと心配で」

「ええ、ええ。もちろん結構ですよ」

陳博士は彼女の気迫に押されたように、眼を伏せたまま小さくうなずいた。

「ありがとうございます」

それを見て、瑪那はR２０１号室の鍵を陳博士に手渡す。

陳博士と高哲生は、それぞれR２０１号室とR２０３号室に落ち着いた。

「私はL１０３号室におりますが、もう一人、スタッフの房《ファン》さんが隣のL１０２号室にいます。彼女はちょうどみなさまの夕食の用意をしているところなのですが」

瑪那はそう言うと、さらに続けた。

「みなさま、シャワーを浴びる前に、お手持ちのデジタル機器を階段の入り口にあるボックスに入れてください。私がお預かりし、五日後にお返しします」

「それって、全部かい？　だったら今が何時かどうすればわかるんだ」

劉東尼が眉を顰《ひそ》めて口を挟むと、

「みなさまはこの五日間、時間を知る必要はございません」

瑪那は微笑しながらきっぱりと言い、

「部屋に入りましたら窓から外を見ていただきたいのですが、オープンスペースに木製の台が設えてあって、そこに大きな銅鑼《どら》がぶら下がっているのがわかるかと思います。明日からは次の予定の前に、銅鑼を鳴らしてお知らせしますのでご安心ください」

劉東尼は何か言いたげだったが、結局その場は引き下がった。

参加者たちは自分の荷物を持つと、中央のドアを抜けて階段のところに集まった。荷物から携帯電話をはじめとする機器を取り出して、白いボックスに入れている。その場にひとり取り残された私は、彼らの様子を眺めながら、香炉に紙銭《しせん》を投げ入れるさまを思い浮かべていた。

それを終えると、彼らは浴室へと入っていく。

私は彼らの後に続いて男子浴室に入ってみた。シャワーブースが三つあり、それぞれにシャワーヘッドとトイレが設えてある。ドアの向かいの壁には四角い窓があった。シャワーのほかにはシンクが三つあり、男性用の小便器は見当たらない。

李麦克がシャワーブースの前で母親に対して、不服そうな顔で何事かを呟いている。どうやら彼は、自分の持ち物を預けることが気に入らないらしい。

「息子はシャワーを浴びたくないようなので、このまま部屋に入ってもいいでしょうか？」

李多娜が訊くと、瑪那は李麦克の方を見て、うなずいた。

私は彼らの後についていくことにする。階段を上がりながら、李麦克はまだ低い声で恨み言を呟いている。

李多娜が木製のドアを開けると、部屋が三つ並んでいた。三つの部屋のドアはすべて開け放たれている。

一番近い部屋のドアにはＲ１０１というパネルが掲げられていた。これが李麦克の部屋になる。別の部屋の中はどうなっているのかと覗いてみたところ、どれも同じつくりらしい。李麦克の部屋に戻って中を覗くと、間口は二メートルほどと狭いながら、縦に長い。間口の倍ほどはあるだろうか。部屋の右手にはシングルベッドが設えてあり、ベッドの左側には一メートル弱ほどの窓がある。ベッドの端には木製のクローゼットがあり、その左隣には姿見が、右隣には一脚の椅子が置かれている。

机はない。ホテルに置かれているような紙とペンも見当たらなかった。そういえば規則の中に「書き物」は禁止とあったことを私は思い出していた。

館のつくりと同様、客室にあたるこの部屋もひどく素っ気ないものだった。

「……エアコンを、つけて」

李麥克が言った。

「この部屋にエアコンはないのよ」

李多娜が窓際に歩み寄り、クレセント錠を回すと、涼やかな風が外から吹き込んでくる。彼女はしばらく遠くの海を眺めていたが、息子の荷ほどきを手伝うことにしたらしい。

李麥克は不満そうな顔で、しきりに独り言を呟いている。

二人を見ながら、私は自分の子どもを思い出していた。そう言えばあの子も、何か気に入らないことがあると、私を無視して独り言を呟いていた。

李多娜は息子を宥《なだ》めようとしきりに話しかけながら、バッグから服を取り出し、一枚一枚クローゼットにしまっていく。

窓際に近づいて外を見ると、先ほど瑪那が言っていた銅鑼が見えた。眩《まばゆ》い陽光に照り映えながら風に揺れている。

建物の下に眼を移すと池があり、そこには桃色をした七輪の蓮花が浮かんでいた。池の周りには宝石のような何かがうずたかく積まれ、陽光を浴びて照り輝いている。

ひととおり荷物の整理を済ませた李多娜は、窓を閉めると、ドアノブの鍵をかけ、息子を伴って部屋を出て行こうとする。

　私は慌てて二人の後を追った。

　階段に出ると、第二フロアから降りてきた高哲生と陳博士に出くわした。三人の大人は軽くうなずき返すだけで話しかけることはない。

　そう言えば先ほど持ち物を預けた白いボックスが見当たらない。おそらく瑪那が片付けたのだろう。

　李多娜は階段のところで息子を待たせたまま女性棟に入っていき、自分の荷物を片付けると、すぐに戻ってきた。

　みんなが地階に集まったところで、東側のドアから瑪那が顔を見せると、

「みなさま、どうぞこちらへ」

　そう言って、みんなをうながした。

　私は陳博士の後に続いて歩き出した。男子浴室の前を通ったとき、彼はほんの少し立ち止まると、しきりにあたりを見まわしている。トイレに行きたいのかと思ったが、そうではないらしい。すぐに横のドアを通ってみんなの後を追う。

　瞑想ホールからダイニングまでは歩いて二分ほどで、そこは植え込みも何もない平地だった。

「見て！」

　吉亞が突然声をあげて、前方を指さした。みんながそちらを向くと、向こうに見える見晴し台から白い煙があがっている。

　食事をする場所が館内ではないのが妙だと思っていたが、それを見てなるほどと、私は思った。

瑪那によると、ここには電気が通じていないという。だとすると飯を炊くにしても薪に頼るしかない。調理中の火や煙が瞑想ホールを汚さないよう、こうした造りになっているのだろう。

ダイニングはパーゴラがあるだけの、先ほどの瞑想ホールの建物と同様、素っ気ないものだった。木製のシンプルなダイニングテーブルと椅子が数セット設えてある。

奥には灰色をした煉瓦の壁が見え、白い煙はそこから湧き出しているらしい。

それを眺めながら私が中に入ろうとすると、みんなと同じ白い服を着た五十過ぎの女性が、大きなバスケットを抱えて、壁の向こうからやってくるのが眼に入った。バスケットには、バナナやリンゴ、オレンジ、そして蜜棗《インドナツメ》が入っている。

「彼女が房さんです。この五日間、みなさまの食事をつくっていただきます」

「ごくろうさん。俺たちの最後の晩餐を用意してくれるなんてな」

劉東尼がそんなことを言うと、彼女は軽く頭を下げて、長テーブルの上にバスケットを置いた。テーブルには、トマトやニンジン、ジャガイモを煮込んだスープの鍋に、珈琲と紅茶がすでに用意されていた。野菜炒めとシリアルの皿も並べられている。

みんなが食事をしているあいだに、私は壁の後ろに回り込んで中を覗いてみた。そこは厨房になっていて、土でできた腰の高さほどの台が設えてあり、その上に鍋が置かれている。下には穴が穿たれ、薪が燃やされていた。

その横には、ジャガイモやカブなどの食材が入ったバスケットや箱がいくつも並べられ、隣には、車輪のついた機械式の台秤《だいばかり》が置いてある。

それらを確かめると、私はまた踵《きびす》を返して、ダイニングに戻ることにした。

みんなが食事をしているところを私はなんとはなしに眺めていた。吉亞は一番奥にある小さなテーブルに一人で座り、黙々と料理を食べている。食欲はあるようだ。つい彼女に眼がいってしまうが、それは私だけではないらしい。劉東尼や高哲生はもとより、女性たちも彼女を見つめている。そんな中、唯一彼女に関心がないように見えるのが李麥克だった。彼は出されたものをすべて平らげた後も落ち着かない様子でいる。

瑪那は小食なようで、野菜スープと果物、ほんの少しの蜜棗に手をつけただけだった。

「これが最後の晩餐なんだ。少しくらいのお喋りも許されるだろう。ところでみなさんはどこから来たのかね」

劉東尼がスープをすすりながら、そんなふうに切り出した。

「僕はスウェーデンから」

高哲生がまず先に答えると、それに続いて、陳博士が、

「私はアメリカから」

「私も」

吉亞がそれに続いた。

李多娜は答えないまま、一心に息子の様子を見守っている。

続いて劉東尼はみんなの年齢を訊いていく。これによると瑪那が三十一歳、高哲生が二十五歳、陳博士が五十二歳、吉亞が二十二歳ということだが、李多娜はこの質問も無視して何も答えなかった。

晩餐が終わり、みんなが三々五々ダイニングから出て行こうとするなか、吉亞はふと踵《きびす》を返して

長テーブルに置かれていた蜜棗を手に取った。

瞑想ホールまで戻ってくると、高哲生が突然、興味深そうに館の向こうに見える銅鑼を指さしながら、

「あれ、ちょっと見てみてもいいですか」

と訊いた。

「どうぞ」

瑪那の許可を得ると、みんなも彼と一緒に銅鑼の方へと歩き出した。

吊るされた銅鑼は、特に珍しいものではないようだ。高哲生が桴《ばち》を握り銅鑼を叩くと、あたりには「ドーン」という低い音が響き渡った。

その音を聴きながら、私は以前、妻がよく聴いていたチベタンシンギングボウルの演奏を思い出していた。その音は空間を浄化し、また心身をも癒やすらしい。

吉亜は銅鑼に興味がないようで、踵を返して蓮池まで歩いて行くと、その場にしゃがみ込んだ。蓮池の周りで陽光を照り返していたものは水晶だった。柱状のものもあれば、ピラミッドのような形をしたものもある。吉亜はそのうちの一つの結晶を手に取って、じっと眺めながら、

「どうしてここに水晶があるの？」

「水晶はエネルギーの源泉なんです。瞑想とサウンドヒーリングとともに、ここではデジタルデトックスを補助するツールとして使っています」

瑪那が答えた。

劉東尼もその場にしゃがむと、

「こんなものがいったいなんの助けになるっていうんだい？」

「水晶柱は、私たちの意識を開き、世界をありのままに見えるようにしてくれるのです。詳しいことは、このあとホールでの講義で説明しましょう。私は一度上のフロアへ行きますが、五分後にはホールに戻って講義の第一課を始めます」

瑪那がそう言って階段を上っていくと、みんながホールへ入っていく。

講義まではまだ少し時間があるようだったので、私はこの島を一周してみることにした。基地局はもちろん、犬や猫の姿も見当たらない。草木からは鳥や虫の鳴き声が聞こえてくる。島の周りには、青緑色の海が茫洋と涯《は》てもなく広がっていた。心地よい潮風を頬に感じながら、柔らかい陽射しを浴びる——確かにここはデジタルデトックスに相応《ふさわ》しい場所に違いない。

2

瞑想ホールの四つのドアはすべて開け放たれ、潮風が吹き込んでくる。

腕時計を見ると、すでに六時をまわっていて、夕映えの向こうに太陽が沈みかけていた。房がホールの隅にランプを置いている。ランプの柔らかな炎がホール全体を隅々まで照らし出し、灯油の香りが立ちこめる中、瑪那の講義が始まった。

参加者は隅のキャビネットからマットを選び、その上に半跏《はんか》趺坐《ふざ》で座るよう指示される。しかし半跏趺坐でと言われても、すぐにできるはずもない。李麦克は無理矢理に体を捻《ひね》り、劉東尼はしきりにズボンの裾を気にして引っ張っている。その傍らで陳博士は思うように座ることができず、何度も足を組み替えていた。

瑪那の眼の前には小ぶりなブロンズのシンギングボウルが置かれていた。彼女は穏やかな眼になって、参加者一人ひとりの顔をゆっくりと見渡すと、

「それでは第一課を始めましょう。これから毎日、みなさまには同じ課題を繰り返していただきます。まずは瞑想ですね。やり方は簡単で、二つのステップがあります。まず第一のステップは呼吸です。呼吸に意識を集中し、観察してください」

「観察というのはどうやるんですか？」

高哲生が訊くと、瑪那は涼やかな声で、

「観察という言葉通りです。呼吸が深いのか浅いのか。息の温かさ冷たさ、早いか遅いか。そしてリズムに注意を払ってください。呼吸をコントロールしようとせず、ただそのまま観察するんです」

「第二のステップっていうのは？」

吉亞が訊いた。

「呼吸を観察している間に様々な雑念が湧いて、それにとらわれてしまうかもしれません。ふと気づくと、呼吸そのものに意識が向いていないというのもよくあることなんです。第二のステップは、そのことに気づき、また呼吸に意識を戻すことになります。この過程で、悔しかったり、がっかりしたり、様々な感情が湧いてきます。でも自分自身を責める必要はありません」

「この目的はなんなんですか？」

李多娜が訊いた。

「今はその質問に答えることはできません。なぜなら頭で考えるだけでは駄目だからで、まずは実践してみてください。それによって自ずから答えを見出すことができるかと思います。自分が感じた変化を観察し、体験してください」

瑪那の説明に、李多娜はそれ以上訊き返すことはしなかった。

「これから一時間、この二つのステップをひたすら繰り返します。私が最初にボウルを叩きますから、そうしたら眼を閉じて、瞑想を始めてください。二打目が聞こえるまで瞑想を続けます」

そう言うと、瑪那は眼の前のボウルを叩いた。

ティン——

金属の澄んだ音色が響き渡り、みんながゆっくりと眼を閉じる。

彼らの顔を眺めるうち、私はふと、妻に初めて瞑想を教わったときのことを思い出していた。あのときは、ほんの一分ほどしか自分の呼吸に集中することができなかったのを覚えている。三分もすると、このあとで妻と何を食べようか、とか、読者からの口汚い批判的な感想や、シャンプーが切れていたな、後で注文しておかなくちゃ、そう言えばあの子がこんな下らない冗談を言っていたっけ……と様々な雑念が思い浮かび、そのたびに意識は現実へと引き戻された。

いまホールにいる彼らは一様に同じ表情をしている。落ち着きのない様子で、無意識に頭に手をやったり、耳を掻いたり、体を捻ったり——眉を顰め、しきりに頭の中で何かと闘っているように見える彼らは自分自身がそんな動作をしていることにさえ気がついていないのかもしれない。

吉亞が顎を掻いている。彼女には私の姿が見えないとわかってはいても、ついつい彼女に眼がいってしまって気がひける。幸い今は彼女も眼を閉じているので、遠慮なくその容貌をよく観察すると、やはり妻とは似ても似つかない。

ただ、それでも妻の面影が偲ばれるのは、いったいどういうことなのだろう？

私が吉亞を眺めていると、突然、けたたましい叫び声がホールに響き渡った。

おどろいてそちらを振り返ると、声をあげていたのは李麥克だった。

「麥克、麥克。静かにしなさい！」

「ここにいたくないんだよッ！　うちに帰りたいッ！　うちに帰りたいんだってばッ！」

李多娜が慌てて彼のもとに駆け寄り、声をかけても、麥克の金切り声はますます激しくなるばかりだった。

「こんなお化けがいるようなところにいたくないんだッ！　うちに帰りたいんだッ！」

腕時計に眼をやると六時五分で、彼らが瞑想を始めてからまだ三分も経っていない。

李麥克の激しい反応を眺めながら、ふと、私はあの子の友達のことを思い出していた。

その少女は三歳のときに親からタブレットを与えられ、まだ話すのもおぼつかないころから簡単なゲームをしたり、愛犬の写真にフィルターをかけて遊んでいた。それから数年後、その子がとんでもないことをしでかしたのをきっかけに、両親はタブレットを取り上げてしまったのである。だがタブレットで遊べなくなったことによって、少女の身体には顕著な反応が表れた。精神的苦痛が昂じたあげく、高熱や嘔吐まで引き起こしたという話をその子の両親から聞いて、私は妻とこのことについてじっくり話し合うことにした。

当時の妻は、私が様々なデジタル機器を購入し、家の中をデジタル化していくことに不安を覚えていた。もちろんそれは子どもへの悪影響を考えてのことに違いない。とはいえ、スマホ依存症の犯人は、デジタル化そのものではないと私は思う。その罪を負うべきは親であろう。

私たちの家はデジタル化されてはいたが、私は子どもを信じていた。あの子なら依存症にならないという確信だけは、当時から強く持っていたような気がする。

長い話し合いの末、ようやく私は妻を説得することができたのだが——。

そのことを思い返すたび、私は身をよじるような苦しみに苛《さいな》まれる。

もし私が妻の話を聞いていれば、彼女があんなかたちで亡くなることもなかっただろう——。

李多娜が立ち上がり、息子の手を引きながら中央のドアに向かって歩き出す。二人の後に瑪那と私が続いた。

「大丈夫ですか？」

瑪那が声をかけると、

「息子はちょっと気分が悪いようなので……部屋に連れて行って休ませてもいいですか？」

李多娜が低い声でそう言った。

李麥克はこちらに背を向けたまま、肩を落としてうなだれている。

瑪那はうなずくと、優しい声になって、

「何かあったら言ってください」

李多娜が息子の手を引いて階段を上がっていく。

李麥克はおそらく十代の若者に典型的なスマホ依存症なのだろう、ネット環境のないこうした場所に来ると、禁断症状が出るのである。その姿はいかにも哀れだった。母と息子が階段を上がっていくのを見送ると、瑪那はホールに戻り、参加者たちの瞑想セッションを再開した。

3

妻のことを思うと感傷的になってしまい、ホールに戻る気になれず、私は東側のドアから外に出た。

陽はすでに沈んでいる。私は消えゆく太陽の光を踏みしめながら、数分間、あてもなく島を歩き回った。夜は次第に更けていく。私はしばらくの間、黙って桟橋に座り、海の音を頭いっぱいに響かせ、心を落ち着かせてから建物に戻ることにした。

東側のドアから建物に入ろうとしたとき、房が灯油ランプを手に、厨房へ向かっていくのが眼に入った。

中央のドアに着くと、一時間の瞑想セッションはすでに終わっていた。時計を見ると、七時十五分になっている。高哲生が瑪那に何か尋ねていた。李多娜と息子の姿は見当たらない。あたりを見まわすと、劉東尼の姿もなかった。

そのとき、後ろの階段から足音が聞こえてきた。振り返ると、李多娜が降りてくるところだった。同時に劉東尼が浴室から出てきて、二人はまさに鉢合わせとなった。

「李総裁さんよ」

劉東尼は微笑すると、

「ちょっといいかな？」

そう声をかけられても、李多娜は何も言わず中央のドアに向かって歩き出す。

「俺たちのことがみんなに知られてもいいってのかい？」

彼女の背後から、劉東尼が囁くような声で言った。

李多娜は立ち止まると、鋭い眼を向ける。彼女は少し考えると、

「外に出ましょうか」

冷ややかな声で言い放った。

二人はドアを抜けると、蓮池の周りを歩き出す。

私は彼らの後を追いながら、二人は互いに顔見知りなのに、他の人の前では他人のふりをしているのだと考えた。

「何が言いたいの？」

李多娜が訊いた。

「久しぶりに会ったってのに、冷たいな」

劉東尼はそう切り出すと、

「養子をもらったんだって？　あの子は大丈夫かい？　彼はネットなしで生活できなくなっている、だからここに連れてきたんだろ。なあに、心配することはない。このセミナーはきっと役に立つさ。俺だって事故で脚を痛めたあとは、毎日瞑想したものさ。だから何も心配することはない」

李多娜は彼をじっと見つめたまま、

「あなた、いったい何を考えているの？」

「君は変わってないな。だったらはっきり言おうか。俺の会社を買うつもりはないかな？」

「そのことだったら、知ってるわよ」

李多娜は冷たくあしらうように、

「ここであなたに出会ったのだって、決して偶然じゃないんでしょ。あなたの会社を買収するかどうかは私個人の考えじゃなく、取締役会で決めることよ。もし私の気を惹くためにこんなところまでやってきたと言うのであれば、申し訳ないけど、私があなたにできることは何もないわ」

「一緒に仕事をしていた当時を懐かしく思い出すなんてことはないのかね、君には」

「過去のことは考えたこともないわ」

「じゃあ、俺たちが恋人同士だったことも、もうどうでもいいっていうのかい？」

李多娜は踵を返して歩き出す。

「君の後輩の——オートナビさんは元気かい？　もしあのときの事件をみんなが知ったら——」

その言葉に、李多娜は再び振り返った。軽蔑に満ちた眼を向けると、彼女はきっぱりと、

「劉東尼、はっきり言っておくけど、私はあなたになんの借りもないはずよ」

「ああ。なんの借りもないってのはその通りだろうさ。君はあの後輩に借りがあるだけだ。もしあの川での転落事故がなかったら、俺だって君の浮気には気がつかなかっただろうし」

「もう一度だけ言うわよ。私はあなたになんの借りもない」

「俺にはある。だから君にすべてお返ししようと思ってね」

李多娜は最後まで聞かずに、中央のドアに向かって歩き出した。

「今晩、みんなが部屋に戻ったら、君のところに行く」

そう言うと、劉東尼は彼女の後ろ姿に向かって、さらに続けた。

「君から借りたものは、そのままのかたちで返すから」

その言葉に李多娜は突然こちらを振り返ったので、私はおどろいた。それまで愛らしく見えた彼女の顔は醜く歪んでいる。

「用事があるなら、壁をすり抜けてくることね」

そう言い捨てると、もう彼の方を振り返ることもなく、彼女はホールに入っていく。いかにも自信家に見えた劉東尼が、たちまちうなだれるのを私は見た。

「君に負けるわけにはいかないんだ」

彼は低い声でそう呟くと、さらに言った。

「俺は誰にも負けるわけにはいかないのだから」

その場に佇んだまま目の前の水晶柱を見つめているうちに、ようやく彼も落ち着いてきたらしい。

彼はホールへ戻っていった。

4

「瞑想について、他に何か質問はありますか？」

瑪那はそう訊くと、

「もし何もないようでしたら、今日はこれで部屋に戻ってお休みください。明日の朝四時に銅鑼が鳴りましたら起床していただき、各自の部屋で今日レクチャーしたやり方に従って瞑想をしてみてください。次にまた銅鑼が鳴りましたら、ダイニングで朝食となります」

「ちょっとよろしいでしょうか」

李多娜が突然口を開いた。

「とても大切なお願いなんですけど」

「なんでしょう？」

「就寝時間になったら、女性棟のドアに鍵をかけてもらいたいんです。誰かを疑っているわけじゃないんですけど――ただせっかく男性と女性とに分けられていますし、顔見知りでない人もいるので、女性としては身の安全を確保しておきたいんです」

その話を聞いてはじめて、先ほど彼女が言った「壁をすり抜けて」という言葉の真意を理解できた。劉東尼の方を見ると、何事もなかったかのように泰然自若といった様子だ。

瑪那は吉亞の方を振り返って、

「吉亞さん、あなたのご意見は？」

吉亞は悠然と腕を伸ばして、まったく問題はない、という素振りを見せた。

「いいでしょう。それではあなたのおっしゃる通りにします。就寝時間になりましたら、廊下のドアを施錠します。男性棟は……」

男たちは思わず口許に笑みを浮かべて、互いに視線を交わすと、劉東尼が言った。

「その必要はないと思うがね。俺たちは見ての通り、お育ちがいいからね。なあ？」

彼の言葉に、李多娜は冷ややかな顔つきで彼を睨むと背を向けた。瑪那の表情は変わらない。吉亞だけは愉《たの》しそうな笑顔で、この話はもういいんじゃないかしら、という感じで手を振った。

ふと気がつくと、劉東尼はなぜか嬉しそうな表情をうかべている。

「他に何か問題は？」

瑪那が訊くと、

「いいですか」

李多娜が口を開いた。

「もうひとつ、教えてもらいたいんですが」

「でしたら李さんだけここに残っていただけますか。他のみなさまは部屋に戻っていただいて結構です。最後にここを出る方が、中央のドアの鍵を閉めてください」

瑪那の言葉に、吉亞が立ち上がって背伸びをすると、真っ先に中央のドアに向かって歩き出す。劉東尼がその後に続いた。陳博士は彼らの方を振り返り、少し躊躇う素振りを見せてから、中央のドアの方に歩いて行く。

高哲生は先に出た人の分もマットをまとめると、キャビネットにしまった。彼が瑪那のそばを通りかかると、彼女は小さくうなずき、口許に笑みを見せて何やら彼に話しかけている。私がそちらに向かおうとすると、高哲生はうなずいて、ホールを出て行ってしまった。

今は李多娜と瑪那だけがホールにいる。

二人は向かい合わせのかたちでマットに座った。

「麥克は大丈夫ですか？」

瑪那が切り出すと、

「今は鎮静剤を飲んだので、落ち着いています」

李多娜が言った。

「瑪那先生、瞑想はデジタルデトックスの助けとなり、これを行えば、禁断症状から抜け出すことができる。そうですよね？」

瑪那が答えないでいると、李多娜はさらに言葉を継いだ。

「瞑想は病を癒やすことができる。それも肉体的なものだけではなく、精神的な病も治せると聞いたことがあります。瞑想によってパニック障害が克服できるだけでなく、脚が麻痺して歩行困難な人も普通に歩けるようになった、というのは本当なんでしょうか？」

李多娜の質問は、私の心に矢のように突き刺さった。彼女が何を知りたいのか、それがありありと私にはわかったのである。

妻は筋萎縮性側索硬化症と診断され、それがタンパク質のフォールディング異常が引き起こした退行性神経疾患であると私たちが知ったのは、発症して間もないころだった。この病気は筋肉が徐々に衰え、最後は呼吸不全となって死に至るため、現在の主流医学においては不治の病とされている。それでも私は諦めたくなかった。私はスピリチュアルに関する文献を読みあさり、自然療法によって彼女を救う方法を見つけ出そうとしたのである。瞑想もまたその方法の一つであった。当時、私は瞑想の指導家をあたって、李多娜と同じ質問をしたことがある。

「李さん、瞑想は医療行為ではないんですよ」

瑪那は優しい声音で言った。

彼女の答えは、私が尋ねた瞑想の指導家のものと同じだった。

「あなたたちがデジタルデトックスの指導を行っているのは、ネットが脳に与える影響についてよくご存じだからでしょう？」

李多娜が言うと、瑪那はしばらく考えているようだったが、

「私たちは様々なやり方を採っています。大脳皮質の部位によってその影響も異なりますし、効果も変わってきますからね。デジタルに依存する時代になってから、様々な研究によって、デジタルガジェットやネットの行き過ぎた使用が、脳のバランスのとれた発達を妨げることが明らかになってきたんです。MRIによって、ネット依存症の人の前頭前野と帯状回《たいじょうかい》の活性化の程度が低下していることもわかってきました。前頭葉は、私たちの思考や運動、感情に関連する領域で、この領域が活性化すれば感情は安定します。一般的に、子どもの情緒不安定は、前頭葉の機能が未熟であることに起因し、帯状回は共感能力とも関連しているんです」

「でも、瞑想が脳の活動に影響を与えることは、科学的にも証明されているんですよね？」

　李多娜が言った。

「ええ。簡単に説明しましょうか。科学者が熟達した瞑想家の大脳をスキャンしたところ、脳内の神経活動の一部が普通の人とは異なることがわかりました。例えば、体に痛みがあると、脳の扁桃《へんとう》体《たい》などの不安や恐怖に関連する部位の活動が低下します。一般人と比較すると、瞑想家は痛みに直面したときの不安感が少ないのです。彼らは島皮《とうひ》質《しつ》と前頭前野の灰白質の体積が大きく、情緒が安定しているんですね。また、ポジティブな感情や共感に関連する脳内ネットワークの一部も変化していました。つまり、瞑想は、脳が特定の神経回路を再接続するのを助け、身体、脳、そして心にまで影響を与えるというわけですね」

「だとすると、瞑想は依存症や感情的な問題を取り除くのに役に立つということでしょうか」

「その通りです」

「どのくらいで効果は現れるんです？」

李多娜はそう切り出すと、さらに言った。

「五日でも可能でしょうか？」

瑪那は李多娜を見つめたまま、口を噤《つぐ》んだ。

「おかしいですか？　無茶なことを言っていると思ってるのね」

「そんなことはありません。科学的なデータは信じても、自分自身を信じられない人が多いのはふしぎだと思うだけで」

李多娜はおどろいた顔で彼女を見据えると、

「あなたは反科学主義の信奉者なんですか？」

「いいえ」

瑪那が言った。

「私は反科学主義でも、テクノロジーを否定しているわけでもありません。私は以前、大学で人工知能の研究をしていたんです。テクノロジー自体はあくまで中立的なもので、それをちゃんとわきまえて使えば人類に利益をもたらしますが、無分別に使えば人類を滅ぼすものとなる。それが私の考えです」

「自分自身を信じられない、というのはどういう意味なんです？」

「自分自身を観察することによって、自身の肉体と心を、そして自己と世界を結びつけることができるにもかかわらず、それを信じていない――そういう意味です」

「正直なところ、私は心と身体の繋がりとかいう考え方が好きになれないんです。なにか胡散《うさん》臭いニューエイジ思想のようで」

李多娜はそう言って笑うと、さらに、

「それでも、私には現代ほど、すべての世界が繋がっている時代はないように見えます」

「確かにネットは世界を繋ぐものではありますが、私が言いたいのはそういうことではありません」

瑪那は落ち着いた声で、さらに続けた。

「例えば、以前だったら、誰もが食事をするときは一口一口を味わいながら——甘さや、酸味、素材の硬さだったり、柔らかさだったり、温かいか冷たいか、肉だけなのか、それとも野菜も添えられた味なのか、そういうものを感じていたと思うんです。でも、今はどうでしょう？　李さん、あなたはつい先ほど食べたものの味を覚えていますか？」

李多娜は思わず言葉を失った。

「覚えているはずありませんよ。だって食事をしているときは、いつも他のことを考えてるから——」

「そこなんです。世界が急速に発展し、私たちは忙しさにかまけて、心と身体を一つにすることができなくなってしまったのですよ。確かにネットは私たちと世界を繋げてくれました。しかし私たちは頭の中でずっと、過去のことや、未来のことを考えているんです。今、ここのことに意識を向けることはない。例えば、たった五分だけの瞑想のときだって、心は雑念にとらわれるばかりで、呼吸に集中することさえできないでしょう？」

李多娜は苛立《いらだ》たしげに、

「その通りですね」

「まず苛立ちを抑えること、そして自身の注意力が散漫にならないようにすること。この二つが瞑想にとっては、とても大切なことなんです」

「どうして呼吸に集中する必要があるんでしょう？」

「呼吸は、身体と自分自身とを繋ぎ止めている糸のようなものであり、これを引き上げてしまえば、あなたは肉体から離れてしまう」

　瑪那は言った。

「意識を呼吸に向けることによって、意識をよりクリアにすることができるんです」

「意識を？」

「ありのままの命、そしてありのままの世界」

　瑪那が言った。

「もしこのホールが世界だとすると、意識をクリアにしないと、私たちはここを超えて、幻想から現実に移行することさえできないのです」

「私には、まわりのものは現実そのものに見えますけど」

　李多娜は顔をあげて、ホールをひとわたり見渡した。

「大丈夫ですよ。この五日間のうちに、あなたもだんだん理解できるようになるでしょうから」

「私がここに来たのは、そんな哲学的な理論じゃなくて、もっとはっきりとしたものが欲しかったからなんです」

「なぜ私がこんな話をしたかというと、理論は瞑想の役に立たないからなんです。実際に体験してみれば、自分自身がナビゲーションシステムに従うだけのような状態に陥ることなく……」

「それってどういう意味？」

瑪那の話を遮るように、李多娜が沈んだ声で言った。

ここまで穏やかな表情をしていた瑪那の顔におどろきの色が浮かんだ。李多娜はしばらく彼女を見つめていたが、やがていつもの様子を取り戻すと、

「すみません。ちょっと考え事をしていたみたいで……」

彼女は眼を伏せて、さらに言った。

「先ほどナビゲーションシステムとおっしゃいましたよね？」

「現代の生活は、すべてナビゲーションシステムに従って自動化されているようなものでしょう。食べることも、働くことも、歩くことも、工場の生産ラインにおける流れ作業のようなもので、自分がいま何をしているのかをあえて考えることもありません。ネットが普及したデジタル時代には、バーチャルな時間と空間に集中するあまり、自分自身を取り巻く物理的な時間と空間とを忘れてしまい、いま雨が降っているのか、それとも風が吹いているのかにさえ思い至ることがありません。一方、瞑想は、いま、ここに立ち返り、知覚をリフレッシュして、真の時間の流れを体験するのに役立つのです……李さん？」

「すみません。なんだか疲れてしまって」

李多娜は顔をあげると、ひどく憔悴した表情でそれだけを言った。

「部屋に戻って休んだ方がいいでしょう」

「もうそんな時間ですか？　夜中に眼を覚まさないでぐっすり眠れるといいんですけど」

李多娜はどこか上の空でそんなことを言う。

「眠りについたあと、そっと糸を引いてくれる手があればいいのに」

瑪那はしばらく黙ってから言った。

「ありますよ」

「その糸が引き上げられると、私たちはどこに行くことができるんでしょう？」

「宗教的信念や人生哲学の違いによって、その答えは人それぞれでしょう」

「あなたの答えは？」

李多娜は瑪那を見つめた。

瑪那はまたしばらく考えてから、

「人は死ぬと自然界に漂う粒子になると私は考えているんです。光や塵《ちり》、陽光、露、それにすべてのものに」

李多娜は聞き終えると、感慨深げな顔になって、

「ありがとうございます」

と言い、ようやく彼女は立ち上がると、

「明日は素晴らしい体験ができそうです」

李多娜が立ち去ったあとも、私は何かに心を揺さぶられたような気分で、その場に立ち尽くしていた。

そのとき中央のドアから陳博士が入ってきた。もう休んでいると思っていたので、彼が現れたのは意外だった。腕時計を見ると、九時になろうとしている。

「こんばんは」

瑪那は彼の方を向くと、

「何か？」

「いえ」

陳博士はそう言うと、

「あなたが私に話があるからここで待っていてくれと、高さんに言われたものですから」

瑪那はしばらく身じろぎもしないまま、何かを考えているようだったが、

「彼が聞き間違えたんじゃないでしょうか。彼には房さんに私の部屋に来るように伝えてもらいたいと言ったんですが、申し訳ありません」

「いや、いいんです」

「陳さん」

瑪那が突然、出て行こうとする彼を呼びとめた。

陳博士が振り返る。

「おせっかいかもしれないんですが」

瑪那は優しい声音になって、

「ここに来たときから、あなたが不安そうにしているのが気になって――何か困ったことがあるならおっしゃってください」

陳博士はおどろいた顔で彼女を見ると、慌てた口振りで言った。

「いいえ、私は大丈夫ですよ。ありがとうございます」

「そうでしたか」

瑪那はうなずいた。

「それでは、おやすみなさい」

「おやすみ」

陳博士が頭を下げた。ふと気がつくと、彼の首筋に赤い斑点が浮き出しているのが眼に入った。

彼は中央のドアから出て行く。

瑪那は結跏《けっか》趺坐を組んだまま、何かを考えているようだった。

しばらくすると、彼女は立ち上がり、ドアを閉めて鍵をかけて回る。中央のドアを押し開けて、階段の方へ歩き出す。ちょうどそのとき、厨房での仕事を済ませた房が、ランプを手にしてホールの方に戻ってきた。瑪那は東西両側のドアに鍵をかける。

「すべて終わりました」

房が言った。

「お疲れ様です。明日も早いのでどうぞ休んでください」

瑪那がそう言った。

二人は一緒に女性棟に入り、房が内側から階段へと続くドアの鍵をかける。

私は踵を返した。ホールに戻ろうとしたが、中央のドアはきちんと鍵がかかっていることがわかった。

外に出ようとしたが、東西のドアにも男性棟のドアにもしっかりと鍵がかかっている。

私はどうやら廊下に閉じ込められてしまったらしい。

5

あたりは静寂に包まれ、ランプの油の懐かしい匂いが立ちこめている。

ようやく人心地がついて、私は今日の出来事を思い返していた。

奇妙な半日だった。疑問は、潮の満ち引きのように様々に移り変わっていく。

私はなぜここにいるのか。なぜこのような形でここにいるのか。

私は妻の死をきっかけに、この三年間はあの子と二人で世界中を旅してまわった。私たちが住んでいる場所は、アーミッシュのようにネットの届かない世界だった、はずである――。

しかし今、私はこの場所にいる。いったいどういうことなのだろう？

しばらく考えてみたが答えは見つからない。その代わりに、この半日に見たものがありありと眼に浮かんでくる。

この眼で確かめなければ、この団体が「サンディ島」なるこの場所にやってきた目的が「デジタルデトックス」だとは想像もできなかったろう。

私は再び瑪那と李多娜の話を思い出していた。

――呼吸は、身体と自分自身とを繋ぎ止めている糸のようなものであり、これを引き上げてしまえば、あなたは肉体から離れてしまう。

筋萎縮性側索硬化症に苦しんでいた妻のことがふと、頭を掠《かす》めた。この病気に罹《かか》ったものは、最終的に呼吸不全で死亡する。

つまり、何者かが秘めやかな手によって、彼女の糸を引き上げようとしたのである。

彼女はそれを誰かに奪われまいと、別の方法を選んだ。

私の心はまた乱れるばかりだった。

大きな苦しみが襲ってきて、私はなんとか気を紛らわそうと、キャビネットの横に貼られたスケジュール表に眼を向けた。

04:00　起床
04:30-06:30　各人による瞑想
06:30-08:00　朝食／休憩
08:00-09:00　グループでの瞑想
09:00-11:00　各人による瞑想
11:00-12:00　昼食
12:00-13:00　インストラクターへの質問・相談／休憩
13:00-14:30　シンギングボウルによるヒーリング
14:30-15:30　グループでの瞑想
15:30-17:00　各人による瞑想
17:00-18:00　アフタヌーンティー
18:00-19:00　グループでの瞑想
19:00-20:30　開示

20:30-21:00　瞑想指導
21:00-21:30　カウンセリング
21:30　　　　就寝

そしてスケジュール表の下には、重要な注意事項が記されている。

1．セミナーが終了するまでは、他人との会話や身体的接触をしないこと
2．セミナー期間中は肉食を禁止とします
3．セミナー期間中の読書、書き物、音楽鑑賞は禁止とします
4．セミナー期間中は殺生を禁止とします

そしてさらにその下には以下の文章が書かれていた。

Make an island of yourself　この世で自らを島とし
Make yourself your refuge　自らを拠り所として
There is no other refuge　他人をたよりとせず
Make truth your island　法を島とし
Make truth your refuge　法を拠り所として
There is no other refuge　他を拠り所としてはならない

私はこの一節を口に含んで何度も暗唱しながら、その意味するところを味わおうとする。

Hは部屋の隅にうずくまり、男が近づいてくると身震いした。

男の手には、ロープの束が握られている。

「来ないで！　来ないでよ！」

Hはしどろもどろの声になって叫んだ。

「はっ、離してっ。あんたが殺人者だってことは絶対に喋らないから」

「もちろん君がそんなことを口にできるわけはないけど」

壊れかけた家電製品のような不気味な声で男が言った。

「わ、わたしを殺したら、あなたが殺人者だってことが、ばれちゃうんじゃないの」

「それはない。全員が君のデータを見ているんだ。もちろん君の病歴もね」

男はぞっとするような笑みを口許に浮かべると、さらに言った。

「君は痛みに耐えかねて自殺したと、みんなは思うだろうさ」

男は彼女の首にロープをかけると、何重にも巻きつけていく。男は人生の中で最も期待していた瞬間がやってきたかのように、渾身の力を込めてロープを締め上げていく。

大魚を釣り上げたときのように、男がロープを強く後ろに引っ張ると、Hの足が激しく宙を泳いだ。しかしそれもすぐに止まり、ついには動かなくなる。

男は鼻歌を歌いながらロープを外すと、部屋のバスルームでゆっくりとシャワーを浴びた。

スマートメーターの数字はそろそろ変化しているはずだが、誰かに捕まる心配はない。

男は、自身の痕跡をデータに残さない方法を知っていたのである。

彼はすべてを片付けると、部屋から出て行こうとする。

「コクーン。ドアを閉めてくれ」

優しげな女性の声が耳に届く。

「了解しました。ご主人様」

その声とともに、ドアが閉まった。

誰かがドアを開けるまで、この部屋はしばらくの間、「密室」となる。

その言葉を思い浮かべるだけで、尾骶骨から頭頂までなま温かい震えが這い上り、頬が紅潮する。

彼はここにいるすべての人間を殺すことができる。

そして彼は最後のプレイヤーとして生き残るのだ。

周云生『データコクーン』

第二章

1

私は暗闇のなかに一人で座っていた。

黒い海に浮かんでいるようなふしぎな心地でいると、女性棟の廊下から物音が聞こえてきて、私はふと我に返る。

もう二日目になったのだろうか？

時計を見ると、時刻は午前三時五十五分だった。

そういえば昨晩、李多娜《リーターナー》に「借りたものを返す」と凄んでいた劉東尼《リュートニー》は、夜中に下のフロアに降りてくることはなかった。おそらく、女性棟は施錠されていると思って断念したのだろう。

足音が次第に大きくなっていく。そちらに眼をやると、瑪娜《マナ》と房《ファン》が灯油ランプを手にして階段の方に行くのが仄見《ほのみ》えた。

私は立ち上がって、階段にある金属製のドア越しに彼女たちを盗み見る。

房がドアの鍵を開け、二人が出るとまた施錠をし、瑪那に鍵を手渡した。二人は東側のドアへと進み、ノブを回すと外に出ていった。

房はダイニングに向かい、瑪那は銅鑼のある場所へと歩いて行く。私は瑪那についていくことにした。

ドゥ――ン――

最初の銅鑼が打ち鳴らされる。その低い音の余韻は足元の大地を揺らし、凍りついていた様々な記憶がよみがえってくるような心地がする。私は子どもがまだ小さい頃、ストリーミングの映画の中で銅鑼を打ち鳴らしているのを眺めながら、

『どうしてこの人はこんなものを鳴らしているの？』

と訊いてきたことを思い出していた。

『これはね、時間を知らせているんだよ』

私はそう言うと、さらに続けた。

『みんなが何時かわかるようにね』

『じゃあ、みんな時計を持ってないの？』

あの子はそう訊き返した。

『そうだ。このときはまだ時計は発明されてなかったんじゃないかな』

あの子は考え考えしながら、

『それは目覚まし時計のこと？　それとも腕時計？』

『どちらもまだ発明されていなかったんだ』

『じゃあ、時計ができたのはいつなの？』

私はその問いに答えられず、妻には、

『ミステリでは時計とか時間は重要なことなのに、あなたったらそんなことも知らないのね』

とからかわれたのだった。

家族の愛と尊敬を勝ち取るため、私がすぐさま答えを知るべく検索エンジンに頼ったのは言うまでもない。

『なるほどな。時計を最初に発明したのは、修道院の修道士たちだそうだ』

『修道士？』

妻と娘のおどろいた顔を間近に見て、私は得意だった。

古代中国において、人々は時間の概念を表すために「一杯のお茶」や「一本のお香」といった言い回しを用いていた。産業革命以前は、時間というものの概念はまだ曖昧模糊《あいまいもこ》としていて、場所によってそれぞれ異なっていたのである。それが産業革命を経て、鉄道が敷設され、都市と都市が結ばれるようになると、地域間における時間の概念が統一されるようになった。やがて経済は自給自足生活から工場生産へと移行していき、時間は人類の生産における重要な要素となっていく。私たちは、一日に労働した正確な時間に対して給与を得るようになる。テクノロジーは急速に進歩し、今や世界はもの凄い速さで繋がっている。一日は二十四時間しかないが、ネットにおいては昼夜の区別も必要ない。場所でさえ関係ない。遠く離れた地球の裏側にある企業の従業員が、オンラインで仕事をすることも可能になっている。

『本当、時代の進歩はおどろくばかりね。そういえばネットでDOSシステムやダイヤルアップ接続も知らない人を見かけたの。それほど昔の話というわけでもないのに』

妻が感慨深げにそんなことを言った。彼女はさらに続けて、

『あの子の誕生日のプレゼントにと思って、水筒みたいな形をした第一世代の携帯電話をネットで

探しているところなんだけど』

笑いながらそんなことを言った。

時の波が私たちの人生を洗い流していく。だからこそ、私の幸せは尊い。私は妻の肩を抱き寄せると、スマート暖炉の炎の温もりを感じながら、あの子に眼をやった。そして眼の前にある、このひとときの幸せを噛みしめていた。

もう過去のことは考えたくないし、未来のことなどどうでもよかった。ただ今、この時だけを私はじっと見つめていたかったのである。目の前の壁時計が刻々と時を刻むように。この壁時計は妻のお気に入りで、文字盤にはでたらめな数字が記されていた。

妻が私の肩に頭をもたせかけてくる。スマートスピーカーに妻のお気に入りの曲を流してもらうと、一つの詩がありありと私の脳裡に浮かんだ。

鹿の角に掛けられた時計が止まっている
人生はチャンスだ
それも一度だけ
誰かが時を正すと
誰かが急に老いてしまう

ふとそのときのことが眼に浮かび、あやうく涙がこぼれそうになる。

*

銅鑼を七回鳴らし終えると、瑪那は桴をおろした。

私がふと、ホールの窓の方角に眼をやると、左手にある男性棟の第二フロアの窓が開いていて、かすかな灯りが洩れている。窓の向こうに見えた黒い人影は、身長から推してR２０３号室の高《ガオ》哲生《ジョーション》に違いない。こちらに手を振っている。続いて、女性棟第一フロアの窓が開いた。そこにいたのはL１０１号室の李多娜だった。灯油ランプを手にし、息子がもう起きているかどうかを確かめるように、左側に眼をやっている。

瑪那はホールには戻らず、銅鑼のそばに座って瞑想を始めた。

空はまだ暗い。広い大地に一人で座っている瑪那の姿は、天地と一体化しているように見える。

私はふと、昨日瑪那が話していた言葉を思い出した。

——人は死ぬと自然界に漂う粒子になると私は考えているんです。光や塵、陽光、露、それにすべてのものに。

しばらくして李多娜が窓を閉めた。

スケジュール表によると、今日から毎朝六時半まで、全員がそれぞれの部屋で瞑想しなければならないことを私は思い出していた。

私は瑪那にならってその場に腰を下ろすと、変わりつつある空の色を眺めることにした。

人が一心に目を凝らせば、もともと黒だと思っていた色であっても、それは私たちが考えていた黒とは異なるのではないか。それらはすべて様々に移り変わる――私はそのことに気がついた。時は刻々と過ぎていき、ようやく空が白み始めてきたころになって、私は時計に眼をやった。六時四分になっている。

六時二十八分。瑪那はゆっくりと目を開けて立ち上がった。

彼女は地面に置いた桴を手に取ると、また七回、銅鑼を叩く。

このとき、私は面白いことに気がついた。

瑪那は腕時計をしていたが、瞑想の最中はその時計を見ていない。それでもまるで、自分の身体に信じられないほど正確な体内時計が組み込まれているかのように、時間が来ると眼を開けたのである。

これはおどろくべきことだった。

私は瑪那の後を追って建物に戻ると、彼女が鍵を手にして女性棟の階段のドアを開けるのを眺めていた。

彼女はゆっくりとダイニングに向かって歩き出す。

私はまた彼女の後をついていくことにした。

ダイニングの入り口に辿り着くと、房が長方形のテーブルの上にナッツパンの盛り合わせとアボカドソースを置いている。ジャムに珈琲、紅茶、蜂蜜がすでに並べられている。果実の種類は昨日と変わりない。

それから五分して、高哲生と劉東尼が相前後してやってきた。二人とも気分は悪くなさそうだ。さらにまた五分ほどして、今度は陳《チエン》博士が、六時四十五分には吉亞《ジア》が入ってきた。

吉亞の姿に眼をやると、陳博士が妙にそわそわし出している。その様子をいぶかしむように、高哲生が鋭い眼になって訊いた。

「どうしたんです？」

「いや、なんでもない。ちょっと夢に魘《うな》されてね」

瑪那は二人の方を向いて、人差し指を唇に当てる。高哲生と陳博士は、それに気がつくと、慌てて口を噤んだ。

そうだ、ここでは会話が禁止されている。

その時、私は陳博士の首筋に赤い斑点が出ているのに気がついた。そういえば昨日、瑪那と話していた時も、首筋に同じような斑点が出ていた。

吉亞の短い髪は少し乱れていたが、笑みを浮かべながら旺盛な食欲を発揮している。四切れのパンにジャムを塗り、蜜棗《インドナツメ》を二つとってきて、コーヒーを入れる。

一人ひとりが料理を手に取り、席についた。

劉東尼と高哲生が食事を終えたあとも、李母子は姿を見せない。

また李麥克《マイク》が癇癪《かんしゃく》でもおこしたのだろうか？

六時五十五分になると、瑪那はダイニングを出て、ホールの建物の方へと歩いて行く。李多娜母子を起こしに行くつもりなのだろう。

私は何かいいようのない胸騒ぎを覚えて、彼女の後をつけてみることにした。

東側のドアを抜けて、女性棟に辿り着くと、階段の踊り場の隅に何か光るものが落ちている。よく見ると、それは水晶柱のようだ。

奇妙だった。どうしてこんなところに水晶柱が落ちているのだろう。

しかし、そんなことを気にしている余裕はなく、私はすぐに瑪那の後を追った。

第一フロアに上がって右に曲がると、李多娜の部屋がある。

「李さん」

瑪那が部屋のドアを叩いた。

「李さん？」

返事はない。瑪那はそれから何度か声をかけ、ドアノブを回したがびくともしない。どうやら内側から鍵がかかっているらしい。

瑪那は不安げな顔で何度かドアを叩くと、突然振り返って階段の方に走り出した。助けを求めに行ったのだろう。

私はひとまずその場に立ち止まってあたりを見回した。女性棟のレイアウトは男性棟と同じで、三部屋が横に並んでいる。向かいにある共用のトイレのドアは開け放たれ、特に変わった様子は見当たらない。

それからすぐにみんながやってきた。

男性たちが交代でドアを叩き、それから数分経ってようやく高哲生がドアを壊して開けた。彼は勢いで倒れ込むように部屋に入っていき、私も彼に続いた。

その光景を目の当たりにした瞬間、私の頭は真っ白になった。

背後から陳博士の鋭い悲鳴が聞こえた。

李多娜と思しき女性が、ドアの方に足を向け、床の上に横たわっている。心臓には果物ナイフが突き刺さり、手はナイフの柄を握りしめていた。身体を丸めた姿勢のまま、すでに死後硬直が始まっているらしい。白い服の傷口には、固まった血の塊ができている。

ふと似たようなイメージが頭をよぎり、一瞬にして私は何も考えることができなくなっていた。

ベッドに横たわる女性――その顔が妻に置き換わっていた。

心臓にナイフを突き立てた妻が、身じろぎもせずに横たわっている。仄白い頬にはわずかに血飛沫がはねていて、不思議なことに、その死顔は痛みを感じていないような安らかなものに見えた。

私は頭を振って、なんとかそのイメージをふり払おうとする。しかしこの三年のあいだ私を苛《さいな》んできたそれは、執拗に私の脳裡へとよみがえった。

――暗い記憶の中に沈み、私はぼんやりしていたらしい。どのくらいそうしていたのかはわからないが、「誰か警察を呼んでくれ！」と叫ぶのが聞こえて、私はふと我に返った。

私が戸惑いながら声のする方を振り返ると、瑪那が慌てて部屋を飛び出し、その後を房が追った。

部屋の中は乱雑を極めていた。劉東尼はいち早く部屋を出て、いつになく冷静な表情で廊下に立っている。彼に続いて、手で口を塞いだ陳博士が飛び出していった。

吉亞が「なんてこと」と呟くと、唇を引き結んだ厳しい顔つきで、部屋から出て行くのが眼に入った。

高哲生だけが部屋に残り、私のそばまでやってくると、ベッドの傍らに佇んだまま李多娜をじっと見つめている。

ようやく冷静になった私は、李多娜の様子を確かめた。

目の前の彼女は皮膚の状態も血飛沫の飛んだ顔も、あのときの妻の様子と変わりなく見える。妻は死亡してから二時間ほどが経過していたはずだ。

高哲生は李多娜から視線をあげると、ドアの前まで歩いて行き、鍵を確認している。よく見ると、そのドアにはノブのロックに加えて、内側にはありふれたカンヌキが設えてある。しかしドアを壊した衝撃でネジが緩んだらしく、その部品が床に落ちていた。

そういえば、瑪那と一緒にここにやって来たとき、彼女がドアノブを回してもびくともしなかった。

つまり、このドアは内側から二重にロックがかけられていたことになる。

高哲生はドアのロックを確かめると、窓際まで歩いて行く。

窓の構造は李麥克の部屋と同じつくりで、アルミのフレームにクレセント錠がついている。しかしそれもしっかりと施錠されていた。

昨日、李多娜が息子のために窓を開けたとき、涼やかな風が吹き込んでいた。

もし李麥克が自分の母の死を知ったら、いったいどんな反応を示すだろうかと、私は考えずにはいられない。

妻を亡くしたときの息子の様子を思い出すにつけ、私はいたたまれない気持ちになる。

「いったい何をしてるんだ？」

部屋に入ってきた劉東尼が言った。

その声に高哲生は振り返ると、

「ドアや窓の鍵がかかっているかどうかを確認してたんだよ」

「なんでそんなことを？」

「もし鍵がかかっていれば、彼女が死んだとき、部屋には誰もいなかったことになるから」

劉東尼はにわかに顔を顰《しか》めると、

「どういう意味だ、それは？　誰かが彼女を殺したとでも疑っているのか？」

「可能性を排除しようとしているだけだよ」

「で、結果は？」

「うん」

高哲生はひとりでうなずくと、さらに言った。

「部屋のドアと窓は、僕たちが入る前に内側から鍵がかけられていた。部屋のレイアウトはどれも同じで、見ての通り、隠れる場所がないこともわかった」

「だとすると、彼女は自殺したってことになるのかしら？」

廊下に立っていた吉亞が口を挟むと、

「そうなりますね」

高哲生が答えた。

「しかし……いったいなぜ」

陳博士が声をひそめて言った。

そうだ。なぜ李多娜は自殺したのだろう？

私は昨晩、劉東尼と彼女が激しい言い争いをしていたことを思い出した。もし、階段のドアの施錠を眼にしていなかったら、一晩中でも階段の入り口に張り込んでいたことだろう。彼が李多娜の死に何か関係があるのではという疑いは、私の頭の中できりもなく拡がっていく。

――もうそんな時間ですか？　夜中に眼を覚まさないでぐっすり眠れるといいんですけど。

昨日の夜、李多娜が瑪那に言った台詞《せりふ》が、私の脳裡によみがえってくる。

陳博士の疑問に誰も答えることができないでいると、高哲生はベッドのそばに歩み寄り、

「かりに自殺だとしたら」

そう言いながら、横にある高さ一メートル半ほどのクローゼットを開けた。

「遺書があるかもしれない――うん？」

彼の後ろから覗き込むと、クローゼットの中にはスーツケースが入っていた。その中には白い布袋が押し込まれていて、その下には、叩き壊されたと思しき金属片やガラスの破片が詰め込まれていた。ハンマーもあった。

「何を見ているんだ？」

劉東尼がそばにやってきて言った。

「これはいったい――」

高哲生がガラスの破片を手に取って何か言おうとしたとき、外の廊下に足音が響いた。

みんながそちらを振り返ると、瑪那と房が駆け込んでくる。

「警察に連絡は？」

高哲生と劉東尼が同時に声をあげた。

瑪那と房が一様に首を振ると、高哲生は唖然とした顔で、

「どうして？」

「衛星電話が見当たらないんです」

「なんだって？」

劉東尼は眉を顰め、うんざりした声で言った。

「それはどこにあったんだ？」

「私の部屋のベッドのサイドテーブルです」

瑪那の口調は穏やかだった。

「それだけじゃないんです。昨晩みなさまからお預かりしたスマホなども見当たらなくて」

高哲生と劉東尼がお互いに顔を見合わせると、再び布袋に眼を向けた。

「だとするとこれが――」

房はそう口にしたが、すぐに事態の深刻さに気がついたらしい。

「どうしてこんなことになってしまったの？」

「瑪那先生。最後にぼくたちのスマホを確認したのはいつですか？」

高哲生が訊くと、

「昨日の夕方五時五十分です。講義の前に、衛星電話を使って主催者と連絡を取ったときですから」

「私たちの預かり品もすべてそこにあったわけですね？」

「ええ」

「どこにしまったんです？」

「ベッドサイドテーブルの抽出《ひきだ》しに」

「そのあと、あなたはそれに触ることもなかったわけですね」

瑪那はうなずいた。高哲生が何も答えないでいると、

「なんて女だ」

布袋の中の破片を見つめながら、劉東尼が吐き捨てるように呟いた。

「劉さん、どういう意味です」

「はっきりしているじゃないか。この女は自殺して、俺たちを道連れにしようとしたんだ。だから彼女は俺たちの持ち物を盗んで壊したんだろうさ」

「でも、ドアには鍵がかかっていました。そして、先ほども言いましたが、昨日の六時前には私が自分の部屋から衛星電話で主催者に連絡したんですよ」

「これはごくありふれたドアノブの鍵だ」

劉東尼が言った。

「こじ開けることだって、わけはない。昨夜、俺たちがホールにいたとき、この女は息子を自分の部屋に連れて行ったじゃないか。こいつが子どもを落ち着かせたあと、あんたの部屋に忍び込んで、衛星電話と預かり品を盗み出す時間は十分にあっただろう」

「申し訳ありません」

瑪那はみんなに向かって頭を下げた。

「みなさまからの預かり品をきちんと保管できなかったのは私の責任です。これらについては私が弁償いたしますので」

「今はそんな話をしている場合じゃないでしょ」

吉亞が冷静に口を挟むと、さらに言った。

「衛星電話がないんだったら、いったいどうやって連絡をとればいいの」

「何かあったときのために、毎日夕方六時に主催者と連絡を取ることになっているんですが」

瑪那はそう言うと、さらに続けて、

「連絡が取れなくなったときは、すぐに人を送ってくれる手筈になっています」

「そりゃあいい」

みんなが一様にほっとした表情になり、

「今は何時ですか？」

陳博士が訊いた。

「九時半です」

瑪那が答えた。

「なんてこった。まだ六時まで八時間半もあるじゃないか」

劉東尼が独り言のように言うと、

「ほんとうに申し訳ありません」

瑪那がまた頭を下げる。

「そういえば」

房が声をひそめて話を切り出す。

「李さんの息子さんの様子を見に行くべきじゃありませんか。お母様がお亡くなりになったのですから」

「私が見てきます」

瑪那がそう言うと、房の方を振り返って、

「房さん、一緒に来てくれませんか」

「もちろんです」

二人が階段の方に向かおうとしたとき、突然、高哲生が声を上げた。

「ちょっと待ってください」

その場にいた誰もが彼の方を振り返ると、高哲生は申し訳なさそうな顔になって、

「ここはみんなで一緒にいた方がいいんじゃないでしょうか」

「どうしてだ？　この女は自殺したんだぜ」

劉東尼が眉を顰めて訊ねると、高哲生は、

「僕は、李さんは自殺じゃないんじゃないかと思うんです」

その言葉に、みんながいっせいに彼を見る。

「どうしてそう思うんだ？」

劉東尼が訊いた。

「だって李麥克がいるじゃないですか」

「彼がどうしたって？」

「孤島に息子を連れてきた母親が自殺なんてするでしょうか。見知らぬ人たちに自分の息子を任せてですよ？　そんなことがあったら、どんな子どもだってトラウマになる」

劉東尼は溜め息をつきながら、

「世の中には子どものことも考えない、無責任な親だってたくさんいるぜ」

「でも、みなさんも昨日見たでしょう。彼女は息子さんをあんなに気遣っていた。彼女は無責任な親なんかじゃない」

「そんな話をしたってしょうがないだろ」

劉東尼は続けて、

「自分の説が正しい理由などいくらでも挙げられるが、それが事実かどうかは確かめようもないんだ」

「わかりました。だったら二つ目のおかしな点を挙げましょうか……かりに彼女が僕たちに子どもを任せて自殺しようと思ったとしても、なぜわざわざ僕たちのものを盗んでそれを壊す必要があったんでしょう？」

「それはさっきも話しただろ。彼女はもとから人様に迷惑をかけてもいいって考えの持ち主だったのさ。それで、死んだあとは俺たちに後始末をまかせようとしたんじゃないのか」

「ずいぶんわかっているような口ぶりですね」

高哲生はそう言うと、劉東尼の方を向いて、

「あなたは彼女と知り合いなんですか？」

「いいや」

劉東尼はきっぱりと言った。

彼が嘘をついていることを私は知っている。

「さっき言いましたよね。彼女は僕たちを道連れにしようとしたと。それは要するに、僕たちはこの島に取り残されたまま餓死すればいいと彼女は考えていた——そういうことですかね」

高哲生の険のある言い方に、劉東尼は言葉を失って彼を見た。

「劉さん、あなたはいくら払ってここに来たんです？」

劉東尼が答えるのを待たずに、高哲生は、

「みなさんがここにやって来たのは、デジタルデトックスのセミナーに参加するためですよね。参加費はかなり高額だったでしょう？　たとえ衛星電話が使えなくなっても、主催者側が私たち参加者が飢え死にするまで連絡してこないなんてことがあると思いますか？」

高哲生は考え考えしながら、さらに続けた。

「そんなことは無理に決まってる。瑪那先生に言われなくたって、わかることじゃないですか」

「餓死させるつもりはなくたって、こうやって俺たちを脅かそうとしたんじゃないのか」

「彼女の息子も含めて、ですか？」

高哲生はそう訊くと、

「世の中には無責任な親がいると言われれば、反論することはできません。しかし、いくら無責任な親でも、自分が死んだ後まで子どもにそんなことをしようとするでしょうか」

劉東尼は口を噤んだままだった。

「百歩譲って、本当に外部との連絡を絶つつもりであれば、わざわざ布袋やハンマーを盗んできて叩き壊したりせず、海に捨ててしまえばいい。その方が楽ですよね？　衛星電話を壊したのには、何か別の理由があるはずです」

「別の理由？」

房が不安そうな声で訊いた。

「僕たちに衛星電話を探させないためですよ」

戸惑った顔でいる一同を見渡すと、

「衛星電話を海に捨ててしまえば、それがなくなっているのに気がついた僕たちは、建物の中を探し回るかもしれない。犯人は僕たちにそうしてもらいたくなかったのだとしたら」

高哲生はさらに言った。

「そいつは李さんを自殺に見せかけて殺害し、この布袋を部屋に残していった。これは要するに僕たちに衛星電話を探すのを諦めさせ、ひたすら助けが来るのを待たせるためだった。犯人が隠すことができなかった手掛かりを、僕たちがあちこち探し回って見つけてしまうかもしれないと、犯人が考えたとしたら——」

「だが、それはあんたの単なる思いつきじゃないのか」

劉東尼が鼻で笑うと、高哲生はあっさりと言った。

「確かにそうかもしれません。だけど、犯人でないのなら部屋を調べられてもなんの問題もないはずです。この島には僕たちしかいないのだから。こう言っては失礼ですが、容疑者は、もちろん僕を含めたこの中の一人でしょう。反対意見がなければ、お互いの身の潔白を証明するためにも、すべての部屋を一緒に調べさせてもらえませんか。もし僕たちがここで分かれて行動してしまうと、犯人に証拠隠滅のチャンスを与えてしまうかもしれないので」

高哲生の提案に誰もが押し黙ったままだったが、反論する者もいない——そんなところへ、

「俺は反対だね」

劉東尼は真顔になってきっぱりと言った。

「俺は自分が犯人じゃないことを知っている。だが、他人の探偵ごっこのために、証拠もないのにみんなの前に持ち物をさらけ出すのは厭だね。瑪那さんよ、この島で人が殺されたからって、俺たちの権利が守られないのはおかしくないか？　こいつは警察官じゃないんだから」

「劉さんの言う通りです。高さん、それはできません」

劉東尼の話に瑪那が賛同した。

そのとき、高哲生が何か言おうとしたが、陳博士が横合いから口を入れた。

「ちょっと質問していいかな」

「どうぞ」

「さっき高さんが李さんの部屋に入って確認したわけでしょう。部屋のドアと窓は内側からロックされていた。つまり密室だったわけですよね。それなのにどうして高さんはそこまで他殺にこだわるんでしょう？」

陳博士は同意を求めるように劉東尼に笑顔を向けた。

「密室なんてものはいくらでも偽装できるからですよ」

高哲生は厳しい顔になって、さらに続けた。

「疑問点があったらちゃんと調べて、その密室が本物かどうかを確かめなきゃいけない」

劉東尼はあきれたように溜め息をつくと、

「疑問って言っても、それはあんたが自分から言い出したことだろう」

陳博士はふと思いついたように、

「一人ひとりの部屋を調べるのが駄目でも、他に方法はないんですかね？」

「アリバイはどうだい。ただし、全員が協力してくれることが条件だがね」

「アリバイ？」

陳博士の問いに、劉東尼は口許に笑みを浮かべて、

「何か問題でもあるかい？」

反論はない。全員の意見が一致したところで、みんなは李多娜の部屋を出ると、廊下でそれぞれのアリバイについて証言し始めた。

しかし結論を言うと、このアリバイ検証に見るべきものはなかった。劉東尼、高哲生と吉亞の三人は口を揃えて、最初の銅鑼を聞いてベッドから起き上がると、そのまま自室で瞑想をしていたという。二度目の銅鑼が聞こえたあと、階下のダイニングで朝食をとっていたが、瑪那が助けを求めてきたので全員で李多娜の部屋に向かった。

陳博士だけが他の人とは違って自室にこもっていた。前日の疲れがたまっていたため、瞑想はしなかった。房は瞑想ホールを出ると、そのまま厨房に向かい、そこから出ていない。瑪那は銅鑼を鳴らすと、その場で瞑想を始め、六時半に二度目の銅鑼を鳴らしたあと、女性棟の階段のドアの鍵を開け、ダイニングに行った——。

「あなたが座っていた場所からは、両側の棟の窓が見えましたよね。両方の棟の窓について、何か変わったことはありませんでしたか？」

高哲生が瑪那に訊いた。

「そのとき、私は眼を閉じていたので——でも、妙な音が聞こえたりはしませんでした」

私はダイニングに戻ってきたときのことを思い出した。

午前六時三十分に瑪那が二度目の銅鑼を叩いたあと、彼女は屋内に戻って階段の鍵を開け、ダイニングの方に歩いていった。ここで房と出くわしたが、そのときの時刻はだいたい六時三十五分だったと思う。それから五分もしないうちに、劉東尼と高哲生が姿を見せた。さらにそれから五分後に陳博士がやってきて、さらに遅れて姿を見せたのが吉亞だった。彼女が到着したときには六時四十五分を過ぎていた。それから十分ほどして、瑪那が李多娜の部屋のドアをノックし、七時ごろそのドアが破られた――。

少なくとも私が見た限りでは、誰も嘘はついていない。

高哲生は話を聞き終えると、小さくうなずいて、

「わかりました。もうひとつ確認したいことがあります。みなさんが最後に李さんを見たのはいつでしたか？」

「昨日の夜だな」

陳博士が言った。

劉東尼、吉亞と房の三人も同じ答えだった。

劉東尼は昨晩、蓮池の前で彼女と言い争いをしたことについては何も言うつもりはないらしい。

「今朝の四時です」

瑪那が言った。

「銅鑼を鳴らしたあと、李さんが部屋の窓を開けるのが見えましたから」

「僕もそのとき彼女を見ました」

高哲生がそう言うと、続けて、

「窓を開けると、斜め下に彼女の姿が見えました。そのとき、確かに彼女は生きていた」

　二人とも嘘はついていない。

「二つ目の質問なんですが、昨日、李さんは階段のドアの鍵をかけてほしいと言ってましたけど、施錠はしましたか？」

「ええ。昨日の夜九時に階段のドアの鍵をかけました。そして今朝四時に、私が房さんと二人で下に降りたあと、また鍵をかけたんです。それから六時半まではそのままで――つまり二度目の銅鑼を鳴らしたあと、階段のドアを開けたんです」

　瑪那が答えた。

「そのときまで鍵はずっと手許にあったわけですね？」

「ええ」

「階段のドアの合鍵は？」

「ありません」

「死体を発見したのは？」

「七時ごろだったと思います」

　瑪那が言った。

「ありがとうございました。つまり、六時三十分から七時までの間、階段のドアには鍵がかかっていなかったということになります。とはいえ、この時間内に犯人が彼女を殺害した可能性は排除されるべきでしょう。なぜなら、七時に李さんの死体を発見したときにはすでに死後硬直が始まっていたからです。およそ死後一時間以上は経過していたのが明らかでしたから」

高哲生は得意げに咳払いをすると、

「これでも大学で法医学を少し学んだので」

「それは素晴らしいわ」

房が小声で言うと、みんなが彼女の方を振り返った。

「私もこちらに来る前は、看護師をしておりましたの」

「李さんの部屋に入るとしたら、窓かドアしかありません。だが、犯人が窓から侵入した可能性は否定できます。瑪那さんは四時から銅鑼の前で瞑想をしていた。もし、犯人が窓から侵入したら、彼女がその姿を見たはずです。もちろん瑪那さんが共犯という可能性も排除できないわけですが」

私はその様子をずっと見ていたのである。窓から侵入した者などいなかった！　私は彼のそばで声をあげたが、高哲生にはまったく聞こえていないらしい。

「それにこの建物の外壁はとても滑りやすく、普通の人が壁を這い上って窓から侵入しようにも足場がありません。それに李さんの部屋は第一フロアです。地階の浴室の外には蓮池があり、そこから第一フロアに上ったとすると、靴の裏に泥がついたはずですが、部屋にはそのような跡もなかった。したがって、窓から入った可能性は否定できると思います」

私はほっと息をついた。

「李さんの死亡推定時刻には、女性棟の階段のドアは施錠されていた。また、犯人は窓から侵入することもできなかった。このことから男性が彼女の部屋に忍び込んで、犯行に及んだ可能性は否定できると思います。残った女性の中では、瑪那さんは窓から誰もが見える場所に座っていて、房さんは階段のドアの鍵を持っていなかったとすれば、李さんに近づくことができた人物は一人しかいないことになる」

　高哲生は右を向くと、

「吉亜さん、あのとき、李さんと一緒に女性棟にいたのはあなただけですよね」

　吉亜は押し黙ったままだったが、いよいよ、どうしようもないというふうに、

「私じゃない」

　そう切り出すと、さらに言った。

「そのときは部屋にいなかったの」

「じゃあ、どこに？」

　吉亜は下唇を噛むと、ついに観念したように口を開いた。

「女性棟にはいなかったのよ」

　高哲生は眉をあげると促すように、

「それはつまり――」

　吉亜は彼を見つめながら言った。

「昨晩はずっと、男性棟にいたの」

「何を言ってるんです？」

　高哲生はあまりにも意外な答えに唖然として、

「どうして？」

「理由は言いたくない。とにかく、私は男性棟にいたから、その時間、女性棟にはいなかったの」

「あなたが男性棟にいたことを証明できますか？」

高哲生がさらに訊くと、吉亜はまた口を噤んでしまった。

「わ、私が彼女に代わって証明できます」

意外にも口を差し挟んだのは陳博士だった。

「今朝、部屋を出ようとしたら、階段のところで吉亜さんに会ったんです」

陳博士はためらいながら、

「彼女が第三フロアから降りてきて……」

「第三フロアだって？」

高哲生は声を失った。

私もおどろいた。あのとき、第三フロアには一人しかいなかったはずだ。

「じゃあ、あなたは劉さんと……」

吉亜は何も言わないまま、こちらに背を向けてしまった。

みんなの視線が劉東尼に注がれている。しばらくの沈黙のあと、彼は突然大きな声で笑い出すと、

「そうだよ。彼女は昨晩……第三フロアにいた」

そう言って、いかにも思わせぶりな表情を浮かべ、

「これで十分だろ。未成年じゃないんだから」

吉亜はその言葉を聞いて振り返ると、彼を激しく睨みつけて、また背中を向けてしまった。劉東尼は一向に気にする気配もない。

　その場は一瞬にして、気まずい空気に包まれた。まさかこんな状況で、出会ったばかりの二人が情事に耽《ふけ》っているとは誰ひとり考えもしなかったのだろう。

正直なところ、私はなんとも言えない複雑な気持ちだった。吉亞のような素敵な女性が、劉東尼と一夜を過ごしたというのがなんとも意外で——もっとも私は彼女のことをよく知らないのだし、その印象はただ単に妻に似ているというだけのものだ。

「それで名探偵さんよ、犯人はいったい誰なんだ？」

劉東尼が訊いても、高哲生は口を噤んだまま考えているようだったが、ようやく、

「まだわからない。手掛かりが十分じゃないから」

正直なところ、私は今まで劉東尼が一番怪しいと思っていた。なぜなら彼は、昨夜、李多娜の部屋に行こうとしていたのだから。だがその一方で、昨夜は階段のドアがロックされていたことを私は確認している。そこで一晩中見張っていたにもかかわらず、私は蚊一匹見かけていないのだ。

そうなると唯一の可能性は、一見正直そうな陳博士が嘘をついていて、吉亞は男性棟にさえいなかったということになるのだろうか。だとすると彼らふたりが共謀しているということになる。だが、動機は？　劉東尼があっさりと認めたことで、吉亞が男性棟の第三フロアにいたことは確認できたものの、果たして彼は真実を語っているのか、その表情からはわかりかねた。もし彼の言う通りだとすれば、李多娜を殺害したのは誰なのか？　それが嘘だとしたら、三人が共犯ということになるのだろうか？

あるいはこの島には、今ここにいる者以外に誰かが潜んでいるとでも？

私はすぐにその考えを捨てた。私はこの島を一回りしている。島にはこの建物の他に隠れる場所などないことは知っていた。

「じゃあ、俺たちは無罪放免ってことでいいのかな」

劉東尼が訊き、さらに言った。

「それとも主催者がやってくるまで、ずっとこの廊下に突っ立っていなけりゃいけないのかね」

「みなさま、どうぞご自由に」

瑪那が言った。

その言葉を聞いて、高哲生の顔に不安げな色が拡がっていくのを私は見た。

2

解放された彼らは、一人ずつ階段を降りていく。

その様子を見守りながら、私はまた階段の踊り場に落ちていた水晶柱のことが気になり出した。

ほんの小さなものだったので、誰も注意を払っていなかったらしい。

いったい誰があんなものをあそこに置いたのだろう？

昨夜、蓮池に立って水晶柱をためつすがめつしていた劉東尼の姿がふと思い浮かんだ。

地階まで降りたところで腕時計を見ると、すでに十一時を回っている。

「みなさま、ひとまず部屋に戻って休んでください」

瑪那はそう言うと、房の方を見て、

「房さん、簡単なもので結構ですので用意してくれませんか。あとでみんなで食べましょう」

「何か手伝えないかしら？」

吉亞が横合いから口を挟んだ。

「お願いします」

房がすぐに答え、二人は厨房の方へと歩いて行く。

「李さんの息子さんを見てきます」

瑪那は言うと、高哲生の方を振り返って、

「一緒に来てくれませんか？」

「もちろんです」

高哲生がうなずき、私は彼らの後を追って男性棟に向かった。

李麥克の部屋の前に着き、ドアがわずかに開いたままになっているのを見て、瑪那と高哲生はお互いに顔を見合わせる。

そのとき、部屋の中からは軽いいびきのような声が聞こえてきた。高哲生が部屋のドアをそっと開ける。私も彼に続いて部屋に入った。

李麥克がベッドに横になっている。大きな鼻息と胸を上下させている様子から、熟睡しているらしい。

高哲生と瑪那はほっと息をついた。高哲生は部屋を一回りして、異状がないことを確かめているようだった。しばらくして二人が部屋を出ようとしたとき、李麥克が突然眼を覚まし、

「何をしてるの？」

二人の姿を認めて、そう声をかけると、

「母さんはどこ？」

疑わしげな眼つきになって訊いてきた。

高哲生と瑪那がお互いに顔を見合わせたまま、何も言わないでいると、

「母さんを呼んで。母さんはどこにいるんだ？」

彼はほとんど悲鳴に近い声になって、さらに言いつのった。

「いやだッ！　こんなとこにいたくないッ！」

「麥克、落ち着いてくれないか」

高哲生が慌てて宥めても、李麥克の興奮はますます激しくなるばかりだった。ついにはがむしゃらに両手で枕を叩きはじめ、

「こんな気持ち悪いところにいたくないんだよッ！　母さんを呼んでくれよッ！　一緒に帰りたいッ！　帰りたいんだよッ」

瑪那も宥めようとするが、彼はまったく話を聞いていないようだった。彼の異様に昂《たか》ぶった様子に手をこまねいていると、

「どうした？」

ドアの向こうから声がした。振り返ると、劉東尼だった。

彼は李麥克を見て顔を顰めると、

「二人ともちょっと下がってくれないか。俺が話をするよ」

瑪那と高哲生はいささか困惑した顔で彼を眺めていたが、劉東尼は李麥克に近づくと、耳元で何やら話しかけている。

私は慌てて二人のもとに駆け寄った。

「落ち着けって。おとなしくしてれば、あとでネットに繋げて、好きなガジェットを使えるように

してやるから」

劉東尼が低い声で囁くと、李麥克の叫び声が急にやんだ。

私は呆然としていた。劉東尼はいったい何を言っているのだろう。この島にはネットの電波さえ届かないはずなのに――。

「本当？」

李麥克がそう訊くと、劉東尼は強くうなずいた。

李麥克は恍惚にも似た表情になって、口の端にわずかな笑みを浮かべている。

二人を振り返った劉東尼は、眉を寄せると、苦笑いを浮かべながら部屋を出て行った。

二人の話が聞こえていなかった高哲生と瑪那が、ふしぎなものを見るように、李麥克の方に眼を向けた。彼は二人と眼を合わせようとせず、枕に顔を埋めている。

彼らが部屋から出て行こうとする。高哲生がドアノブの鍵を押し込み、背後でドアを閉める音がした。

「私は先に下に降りてますから、高さんは部屋に戻ってしばらく休んでいてください」

「わかりました」

瑪那の言葉に彼はうなずく。

私は高哲生の後を追って上階にあがることにした。

しかし第二フロアではない。第三フロアだ。

第三フロアまで階段を上りきると、私は３０２号室のドアの前に佇んだ。

ドアは閉まっている。

先ほどの劉東尼の話を思い出す。おそらくあれは、李麥克を宥めすかすための方便だったのだろう。

私は女性棟の階段に落ちていた水晶柱の件を思い出し、やはり一番怪しいのは劉東尼ではないかと改めて考えていた。私はドアの前に立って様子を見ることに決めた。

それから約十分ほどして、階段の方からかすかな物音が聞こえてきたのに気がついて、階段のドアまで行ってみると、陳博士が膝をついて何かをしきりに眺めている。

それは、透明な水晶柱だった。

よく見ると、その水晶柱は妙に扁平な形をしている。つい先ほど通りかかったときには気づかなかった。陳博士がいなければ、見落としていたかもしれない。

この水晶柱をここに落としていったのは誰なのか？

陳博士が困惑した顔でいると、

「そこで何をしているんだ？」

背後から声がした。振り返ると、劉東尼が私の後ろに立っていた。

陳博士は怯《おび》えた顔になって、劉東尼とともに彼の部屋に入っていく。

私は慌てて二人の後を追いかけた。

「さっきは、すぐに俺の部屋に来てくれと言ったじゃないか。どうしてこんなに遅くなったんだ」

劉東尼が険のある声で言うと、陳博士は頭を下げながら、

「私にどうしろと？」

劉東尼は取り出した黒いバッグを彼に手渡し、

「こいつを誰にも見つからないように処分してもらいたいんだ」

「これは？」

「そんなことは知らなくていい。秘密をばらされたくなかったら、俺の言う通りにすることだな」

陳博士は、その意図を測りかねて、呆けた顔で劉東尼を見つめている。

「無理するなって」

そう言って、冷ややかな笑いを口許に浮かべると、劉東尼は軽くあしらうように、

「もう行ってくれ」

陳博士はバッグを胸に抱えるとすぐさま部屋を出て行った。しかし先ほど劉東尼が口にした言葉が相当効いたらしい。彼は苛立ったようにしばらく廊下を行ったり来たりしていたが、ようやく階段のところまで行くと、また水晶柱が落ちているあたりで立ち止まった。

私はおどろきを隠せないまま、陳博士の様子を窺っていた。どうして彼はこんなに取り乱しているのだろう。劉東尼が口にしていた秘密とは、いったいなんなのか？

そしてそれは、李多娜の死と関係あるものなのだろうか。

もう一つ、劉東尼が彼に手渡したバッグの中身はいったいなんなのか。

陳博士は階段を降りて第二フロアに行くと、他人に見られるのを警戒しているのか、油断なくあたりに眼を配りながら、部屋に入っていく。

私も彼に続いて部屋に入った。

彼の部屋の間取りも、李多娜や彼女の息子のものと同じだった。

陳博士は、クローゼットを開けて、そこにバッグを押し込むと、扉を閉じた。そのまま両手で顔

を覆うようにして、ベッドに腰を下ろす。

正直、私はこれまで彼を疑ったことはなかった。だが今の彼の様子を見るにつけ、何かあるのではと考えずにはいられなかった。吉亜が男性棟の第三フロアから降りてくるのを見たという彼の証言は、果たして信用していいのだろうか。

そのとき、窓の外で銅鑼が鳴った。

時計を見ると十一時四十五分だった。瑪那がみんなに、集まるよう呼びかけている。食事が始まるらしい。

陳博士はベッドから飛び上がるように立ち上がり、部屋を出ていこうとする。

慌てて彼の後を追いかけると、２０３号室の高哲生がちょうど部屋を出てくるところだった。

「銅鑼が鳴りましたね。下に降りましょうか」

高哲生にそう声をかけられると、なぜかはわからないが、陳博士は助けを求めるような表情を浮かべて彼を見た。

二人は連れだって階下に降りていく。

「そう言えばさっきドアの鍵をかけていないようでしたが」

高哲生はそんなふうに切り出すと、さらに言った。

「ロックしておかなくて大丈夫なんですか」

「なんのことです？」

陳博士は上の空だったが、ようやく気がついたように、

「ああ、どうやら鍵が壊れているみたいでして、かからなかったんですよ」

「部屋を換えてもらったらどうです」

「いや、いいんです」

高哲生の提案に、陳博士は慌ててそう言うと、さらに付け加えた。

「部屋のなかには貴重品もありませんから」

第一フロアへと続く階段のところまで行くと、銅鑼の音に交じって、か細い声がどこからか聞こえてくる。

私が反応する前に、高哲生はすでに李麥克の部屋のドアに駆け寄っていた。ノブをガチャガチャいわせているが、びくともしない。

そういえば先ほど、高哲生が彼の部屋のドアノブの鍵をかけたことを思い出した。

陳博士と私が折り重なるようにしてドアの向こうに耳を澄ませていると、銅鑼の音に交じって、李麥克の掠れ声が聞こえてくる。

「ドアを……開けて」

「麥克？　麥克なのか？」

そのとき銅鑼がやみ、「カチッ」という澄んだ音とともに、カンヌキがロックされたらしい。

「た……助けて」

ドアの向こうからは消え入るような声が切れ切れに聞こえてくる。それとともに、確かに誰かがドアを叩いている気配があった。

「ドアを……開けてよ」

高哲生がドアを激しく叩き続けている。

それから二分ほどして、ようやくドアが開いた。

李麥克はドアの向こうの床に横たわり、両手を血まみれにして身じろぎもしない。

ベッド脇に置かれていた姿見はベッドの上に倒れこみ、鏡の破片が血のついたシーツの上に散らばっている。破片は床のあちこちにも散乱していて、ドアから外れたカンヌキが、その間に落ちているのが眼にとまった。カンヌキの表面に血が付着している様子はない。

ベッドからドアのあたりまでは血痕が点々と続いていて、ドアパネルも血痕と手形で汚れている。

「いったいどうしたんだ」

高哲生は絶句しながらも、すぐさま李麥克のそばに駆け寄って鼻先の呼吸を確かめる。

「死んでいる」

彼は震え声でそれだけを言うと、

「誰かを呼んできてくれませんか」

「な、なんだって？」

陳博士は全身を震わせながら、口ごもった。

「い、いや。私は行けない」

私が振り返ると、陳博士は血の気のない表情のまま、凍りついたように動かないでいる。

そのときだった。劉東尼がドアの前に現れた。彼は部屋の中を覗き込むと、にわかに眼を大きく見開いて、

「俺が呼んでこよう」

それだけを言い残して、すぐに駆け出していった。

彼が立ち去ったあと、私は再びドアパネルの血痕と手形をまじまじと見た。その形から判断して、手形は李麥克のものだろう。視線を下に落とすと、ドアノブはまるで指紋を拭ったようにきれいだった。続いて窓を確かめる。鍵がかかっていた。

高哲生も部屋の中を歩き回ってドアや窓を観察している。クローゼットとその隅に置かれていたスーツケースを開けてみる。私は慌ててスーツケースの中を覗いたが、そこにはきれいに畳まれた洋服がしまわれているだけで、妙なところは見当たらない。

それからしばらくして、瑪那と吉亞、房がやってきた。

「いったいどうしたんです？」

房が今にも泣き出しそうな声で訊いた。高哲生がいま眼にしたことを一通り説明すると、

「いったいどういうことなんです？　彼は、母親が亡くなったことを知って自殺したとでも……」

房は涙を浮かべてそう言った。

「李多娜が亡くなったことを、誰か彼に話しましたか？」

高哲生がそう訊いて、ひとわたりみんなの顔を見渡したが、その場にいる全員が首を振った。

「ところで劉さんは？」

彼が訊いた。

そのとき初めて、私も劉東尼が部屋にいないことに気づいた。あまりに突然の出来事に、彼を追いかけることをすっかり忘れてしまっていたのである。

「私が探してきます」

房が階段に向かうと、私も彼女の後を追うように第三フロアに上がった。劉東尼の部屋のドアを

叩いても返事はない。ドアを開くと、部屋には誰もいなかった。

房はまた地階に降りていく。ホールの前を通り過ぎ、男子浴室の外に立ち止まって声をかける。東側のドアから外に出ると、蓮池のそばにしゃがみ込み、水晶のようなものを手にした劉東尼の姿が眼に入った。

「劉さん、ここにいたんですか」

房はおどろいた顔をして駆け寄ると、さらに言った。

「みんなあなたを探していますよ。どうしてここにいるんです？　その水晶柱は？」

劉東尼は戸惑ったような顔でこちらを振り返り、すぐに立ち上がった。元の表情に返って、手にした水晶をつくづくと眺めながら、

「何か感じるかい？」

と妙なことを訊いた。

「感じるって、何をです？」

「水晶の力さ。リラックスできるぜ」

房はいぶかしげな目つきで彼を見つめると、眉を顰めて言った。

「中に入りましょう」

3

それから十分後、全員が瞑想ホールに集まった。みんなの一様に暗い顔をひとわたり眺めてから、

高哲生が口を開いた。

「みなさん、李多娜が亡くなったとき、僕たちは自殺したと思いました。では麦克も自殺だと思いますか？」

「自殺する理由は？」

劉東尼が疑わしげに訊き返した。

「それはわかりません。ただここに来たときから、彼は落ち着かない様子だった。昨晩ホールで彼が暴れたことはみなさんも覚えているでしょう。もしかすると、彼は母親が亡くなったことを知っていたのかもしれない。でもみなさんには言っておいたはずです。李多娜が亡くなったことは決して彼に話さないようにと」

高哲生がそこまで話し終えると、劉東尼がすかさず声をあげた。

「直接話さなくとも、俺たちの話を聞いていたのかもしれないぜ」

彼はさらに続けて、

「あるいは、あんたたちが部屋を出たあと、自分で李多娜の部屋を覗きに行ったのかもしれないじゃないか。それで母親が死んでいるのを見てあと追い自殺した、というのはどうだい。あのとき、彼女の部屋に鍵はかかっていなかったんだろう？」

「ドアは壊れてしまいましたから、鍵はかかっていませんでした」

瑪那はそう言うと、続けて、

「ですので、代わりに階段のドアの鍵をかけておきました」

彼女の言葉に高哲生は、

「ドアの鍵がかかってなかったとしたら、母親が死んでいるところを目の当たりにして彼は相当に取り乱したでしょうね。そのまま自分の部屋に駆け戻って、衝動的に自殺した可能性はあるでしょうけど――」

「子どもの心理ってのはよくわからないが」

劉東尼は肩を竦《すく》めると、

「要するに自殺じゃない。誰かに殺されたって、あんたは言いたいわけだな？」

「そういうことです」

高哲生の言葉に、劉東尼は溜め息をついて、

「確かにあの子の死に方には妙なところがある。ドアの向こうから彼の声を聞いたのはあんただけじゃない。陳さん、あんたもだろ？」

「君の言いたいことはつまり――」

陳博士が言いかけたところを遮るように、劉東尼が言う。

「つまり誰かが部屋の中にいて、鍵をかけたということさ」

「ああ、その音は私も聞いたよ」

「そのとき僕はドアのすぐそばに立っていたので、カンヌキをかける音がはっきり聞こえたのを覚えています。それから、彼が助けを求めて、ドアを叩く音も――」

高哲生は陳博士に同意をうながすように、

「あなたも見たでしょう。ドアパネルには血がついていた」

「しかし、ちょっとわからないんだが……そうなると、彼が助けを呼んでいるときにカンヌキがか

けられたことになる」

陳博士が途方に暮れたような顔で言うと、

「彼がカンヌキをかけたんじゃない」

高哲生は囁くように言う。

「助けを呼びながら、ドアのカンヌキをかけるなんてことがあるでしょうか？　それに床に落ちていたカンヌキには血がついていなかった」

その場の誰もが彼の言葉の意味するところに気がついたらしい。

「つまり――」

「彼の致命傷は手首で、両手は血まみれだった。それと部屋の様子を見ればわかると思いますが、ベッドからドアのところまで血痕が続いていたんです。ドアの向こうから聞こえた声の感じからしても、彼がドアのすぐそばに立っていたことは間違いありません。それなのに、カンヌキには血がついていなかった。そしてドアノブは磨かれたようにきれいだった」

「じゃあ、いったいどうして彼はドアノブを回さなかったんだ？」

「ひとつの可能性としては」

高哲生はひとわたりみんなの顔を見回して、続けた。

「そのとき、誰かがドアの前に立っていたんですよ」

「もしそうだとしたら」

吉亞がびっくりしたような声で、

「誰かが部屋の中にいたってことになるけど」

「その通りです。そいつはドアの前に立ち、李麦克がドアを開けるのを邪魔しただけじゃない。彼の眼の前でドアに鍵をかけたんです」

高哲生はさらに続けて、

「だからあのとき、カンヌキのかかる音が聞こえたんですよ」

彼の言葉に、そこにいる全員が強いショックを受けた。

「そうだとすると問題があるわ。だって、さっきみんなで部屋に入ったとき、犯人はいなかったんでしょう？」

「ええ」

吉亜の疑問に、高哲生は憂鬱そうに答えた。

そう、彼らに私の姿は見えなくとも、私自身はそのことを証言できる。ドアを開けた瞬間、中には誰もいなかった。部屋は狭い。おまけに大きめのクローゼットやトイレもなく、犯人が隠れる場所はないといっていい。高哲生がその場でベッドの下の抽出しからクローゼットやスーツケースまで開けてみたが、もちろん誰かが隠れていることはなく、子犬一匹さえいなかった。

「だとすると、犯人は窓から入って、そこから出て行ったということになるのかね」

劉東尼はさらに言う。

「もし犯人がいるとしたら、可能性として考えられるのは、こういうことじゃないか。犯行当時、窓には鍵がかかっていなかった。だが、みんなで部屋に押し入ったあと、あんたがすかさず窓に駆け寄ってこっそりクレセント錠をかけた」

「違う。僕はそんなこと、していない」

高哲生は冷や汗をかきながらも、きっぱりと否定した。

「その点については、高さんに代わって私が証明できます」

陳博士はそう言うと、続けて、

「あのとき、私は彼のそばに立っていましたが、彼は窓には触れていません」

「もし高さんが犯人だとすると、李麦克は自殺したと主張するのではないでしょうか。わざわざ他殺を持ち出す理由がありません」

瑪那が自分の考えを言うと、

「その通りですわ」

房が同意した。吉亜は何も言わなかった。

「だとすると、犯人なんてものはいないことになるんじゃないか？」

劉東尼が訊いた。

「思うに、犯人はなんらかの方法で部屋から逃げたに違いありません。しかしどうやったのかまではわからない」

高哲生の言葉に私はひとりうなずいた。

この部屋には二つの出入り口がある。ひとつはドア、もうひとつは窓だ。

犯人はこの二つのいずれかの場所を通ってしか、部屋を出ることはできない。しかしドアの前には、私の他に二人の男が立っていたのである。犯人が私たちの眼を盗んで部屋を出て行くことは絶対に不可能といえよう。だとすると、唯一の可能性は窓からということになるが、高哲生が見る前に、窓の鍵がかかっていたことは私が自分の眼で確認している。

犯人はいったい、どのようにして部屋を抜け出したのだろう？

あるいは……。

「秘密の抜け穴でもあるとか？」

陳博士がふと思いついたことを口にした。

それから彼らは李麥克の部屋に移動して、敷物を剝《は》がしてみたが、素っ気ないコンクリート床があるだけで、秘密の抜け穴など見当たらない。

「もういい」

劉東尼が溜め息をつくと、

「李多娜は自殺で、息子は事故死ってことでいいじゃないか。犯人なんてものはいないんだよ」

「なぜ犯人はいないと言えるんです？」

「証拠がないからさ。強いて言うなら、あんたと瑪那が一番怪しいんじゃないか？　結局、最後に彼を見たのはあんたら二人なんだからさ。そのとき、あんたたちが部屋で何をしていたのかなんて誰にもわからないわけで――」

「言い争いはやめて」

彼の言葉を遮り、吉亞が小さな声で言った。

「だったら、前と同じように、女性棟を出たあと、みんながどこにいたかを確認するというのはどうかしら」

吉亞の提案に高哲生がうなずいた。

「僕は、瑪那先生と李麥克を見に行ったあと、そのまま部屋に戻って銅鑼が鳴るまでそこにいました。銅鑼が鳴って、部屋を出ると、廊下に陳さんがいたので、一緒に階下に降りて——そうですね、陳さん？」

「ええ、女性棟を出たあと、トイレに行って、私もそのまま部屋に戻りました。高哲生さんと同じですよ。私も銅鑼の音を聞いて、部屋を出ましたから」

陳博士がそう述べたあと、私は彼の首筋に赤い斑点が浮かび上がっていることに気がついた。思わず声が出そうになる。

彼は嘘をつくたびに、皮膚に生理的な反応が現れるのである。私はその現象に気づいていた。

「私は房さんと一緒に厨房にいたわ」

吉亞が言うと、房がうなずいた。瑪那は、

「麥克の部屋を出たあと、私は厨房に行って、吉亞さんと房さんに会いました。それから吉亞さんが銅鑼を叩くところが見たいと言うので、三人で銅鑼を叩いているところにみなさんが降りてきたんです」

「瑪那さんの証言は僕が証明できます。部屋の窓から三人の姿が見えましたから」

高哲生が言った。

「俺も陳さんと同じさ」

劉東尼が最後に言った。

「部屋を出た後、階下の浴室に行って、また部屋に戻った。そしたら銅鑼の音が聞こえたんで、下に降りたんだ」

私は傍らで彼ら全員の話を聞きながら、陳博士と劉東尼を除くと、彼ら全員が真実を語っていることを確かめた。

陳博士は嘘をついているが、私はあのとき彼がどこにいたのかを知っている。彼は李麥克の死とは関係がない。

そうなると、もっとも疑わしいのは、やはり劉東尼ということになる。

まず、彼が部屋の中で李麥克に耳打ちしていたあの言葉だ。あれは本当に彼を宥めすかすための方便だったのか。それとも、もっと別の何か深い意味があったのだろうか。

第二に、彼はなぜ蓮池の前で、人目を避けるように水晶を手にしていたのか。水晶が階段に落ちていたのはどうしてなのか。あれは彼が置いたものなのだろうか？

第三に、あの日、彼は李多娜に何を返そうとしたのだろう？

第四に、彼が陳博士に手渡したバッグの中身は、いったいなんだったのか。

高哲生はみんなの話を聴き終えると、劉東尼に向かって言った。

「劉さん、すみませんが、あなたの部屋をあらためさせてくれませんか？」

劉東尼は彼をまっすぐに見据えながら、

「どんな資格があってそんなことを俺に言うのかね？」

「すでに二人が死んでいるんです」

「それだけで他人のプライバシーを侵害しようってつもりかい？」

劉東尼はそう言うと、いよいよ険のある声になって、

「彼らの死に俺が関係しているという明確な証拠がない限りはごめんこうむるね」

高哲生は彼の反論にも動じずに言いつのった。

「これはあなたのプライバシーに関わるので、話したくはなかったんですが……。劉さん、あなたと李多娜は昨日今日会ったばかりの仲というわけではないのでしょう？」

私はおどろいて彼を見た。どうして高哲生がこのことを知っているのだろう？

劉東尼の顔から笑いが退いていくのを見てとると、高哲生はさらに言った。

「本名も名乗らず、表舞台にはめったに顔を出さないといっても、スマートメディカル業界で活躍されているあなたのことを、僕が知らないはずはないでしょう」

劉東尼はしばらくの沈黙ののちに、ようやく口を開いた。

「そうだよ。李多娜は俺の元相棒で恋人でもあった」

ついに彼がそのことを認めたのである。私は興奮した。

「あんたたちに俺の荷物をあらためさせなかったのも、彼女との関係があったからさ。俺たちが別れた理由？　李多娜の浮気だよ。彼女がここに来ることを知ったんで、もらったプレゼントをそのまま返してやろうと思ってね。自慢できるものでもないし、誰にも知られたくなかったから黙ってたのさ」

誰も口をきかないまま、重苦しい沈黙が続く。生真面目な陳博士は、気まずさのあまり消え入りたいような様子だった。

ようやく劉東尼が口を開いた。

「まあ、全部話しちまったんだからもういいさ。調べたいならご自由にどうぞ」

あっさりそう言うと、全員で第三フロアにある劉東尼の部屋に向かった。

彼はみんなの前でスーツケースを開き、布に包まれた何かを取り出した。

「これはなんです」

高哲生がいぶかしそうな眼になって訊いた。

布をひらくと、中からは表紙の黄ばんだ本が現れた。

「仏教の経典さ。付き合い始めたころ、彼女がオークションで手に入れたものでね。こいつを返そうと思ってたんだ」

「へえ」

今まで押し黙っていた吉亞が口を挟む。

「こんなもの、初めて見たわ」

彼女に続けて、高哲生が言った。

「そう言えば子どものころに一度だけ見たことがあるな」

劉東尼は吉亞の方を向くと、

「興味があるんなら、あげるよ」

そう言ったが、吉亞はふいに沈んだ顔になると、背を向けた。

「俺の持ち物はすべてここにある。勝手に調べてくれていい」

高哲生は一瞬ためらったが、申し訳なさそうな顔をしながら、劉東尼の持ち物を調べ始める。しかし何も見つからないまま十分が過ぎると、彼はがっくりと肩を落とした。

高哲生は騙されたのだ。劉東尼はとっくに例のバッグを陳博士に渡してしまっていた。

私は迷っていた。

もちろん、昨日、李多娜との言い争いの最中に、劉東尼が「君から借りたものは、そのままのかたちで返すから」と言っていたことは覚えている。だが彼が返すつもりだったのは、本当にこの経典だけだったのだろうか。

陳博士に預けたあのバッグにも、李多娜に返すものが入っていたのではないか。

あの中にはいったい何が入っていたのだろう。

あのバッグの中身は、今回の二つの殺人事件に関係があるのではないかという疑いが兆し、私は思わず身震いした。

だがそれは凶器ではないだろう。凶器は犯行現場にそのまま残されていたのだ。

ふと脳裡に閃《ひらめ》くものがあった——バッグの中身こそは、密室の謎を解く鍵なのではないか！

「すみませんでした」

なんの手がかりも得られないまま、高哲生が劉東尼に頭を下げると、

「これでわかっただろ？」

劉東尼が笑った。

高哲生は無理に笑顔を見せた。

「提案があります」

瑪那が突然、声をあげた。

「みなさまが無実であることはわかっています。ただ、安全のため、救助が到着するまでホールで休んでいていただきたいんです。持ち物を地階に移動していただけないでしょうか」

時計を見ると、四時を回っていた。救助が来るまで少なくともまだ二時間ほどある。

瑪那の提案に反対するものは、誰もいなかった。

その後、みんなは自室に行って荷物をまとめると、次々と地階にやってきた。例のバッグの中身を確かめるため、私は陳博士の後をつけることにした。

彼は部屋から出てくるなり、あからさまに不安そうな顔をして廊下に突っ立っている。おりよく高哲生が部屋から出てきて、そこに立っている陳博士に眼をやると、

「どうしたんです？　忘れ物でも？」

と声をかけた。

「いや」

陳博士が口ごもると、

「じゃあ、僕はお先に」

高哲生はそう言って、階段に向かって歩き出そうとしたが、ふと何かを思い出したように後ろを振り返ると、低い声になって、

「そうだ。ちょっと手伝ってもらえませんか」

「手伝うって、なんです？」

「劉東尼ですが、なぜかあなたのことだけは警戒していないようです。機会があれば、彼の荷物に何か変わったところがないか見てもらえませんか」

いきなりそんなことを言われて、陳博士は呆然としたまま顔を強ばらせている。高哲生は彼の肩を叩くと、また階段の方へと歩き出し、陳博士はその後を追った。

第一フロアに辿り着くと、陳博士は、足元を見つめたままゆっくりと振り返る。いつの間にか三つの部屋へと通じる廊下の前に来ていた。

二つの部屋のドアは、おそらく瑪那が閉めたのだろう。李麥克の部屋のドアだけは開いたままになっている。

陳博士は歯を食いしばると、覚悟を決めたように、いきなりドアを押し開けて忍び込んだ。しかしなぜか私は中に入ることも、ドアを押すことさえできなかった。仕方なくドアの隙間から中を覗き見る。陳博士がこちらに背を向けてしゃがみ込んでいた。どうやらベッドの下の抽出しを開けて、そこに何かを詰め込んでいるらしい。

それから彼はすぐに部屋を出ると、うつむいたまま階段のところまで戻ってきたが、何かに迷っているような顔で、ふと立ち止まる。

「あれ。どうして下りてこないんです」

高哲生が下から覗くようにして声をかけた。

「あなたに渡すものがあるんです」

陳博士はバッグを持って階段を降りていく。

私が地階に降りると、女性たちが階段の両脇にある倉庫を開けて、丸めたヨガマットや枕を運び出している。このままホールで休むつもりなのだろう。高哲生は丸めたヨガマットを陳博士に手渡すために、そこで待ち受けていたらしい。

「ありがとう」

陳博士はすぐに礼を言った。

彼はバッグを背負い、丸めたヨガマットを抱えてホールに入っていく。その後を追いかけると、それまで誰もいなかったホールには、たくさんの荷物が置かれていた。

陳博士の背中を見ながら、彼が緊張しているとき首筋に現れる赤い発疹のことを私は思い出していた。

4

六時半を過ぎて日が沈みかけていた。だが、救助隊のボートもヘリコプターも現れる気配はない。全員の表情が強ばっている。

灯油ランプがホールを隈なく照らし出していた。房は厨房に行き、果物や蜜棗《インドナツメ》を運んで戻ってくると、一日中ほとんど何も食べていない彼らにすすめている。確かに誰もが空腹に違いない。

九時になっても、まだ救助隊は現れなかった。みんなの顔には不安の色がますます濃くなっていく。十二時になると、いよいよ落ち着かなくなり、劉東尼が立ち上がった。彼はその場をうろうろと歩きながら苛立たしげな声で、

「丸一日経ったってのに、どうして誰も来ないんだ？」

みんなは押し黙ったままだった。そのすべての視線は瑪那へと注がれている。

「私にもわからないんです」

彼女は途方に暮れたように、首を振った。

「みなさま、もしお疲れのようであれば、そのまま休んでください。救助隊が到着したら起こしますから」

劉東尼が舌打ちする。

この一日の出来事にすっかり疲れ切った様子の陳博士は、真っ先に深い眠りについた。そのあとも一人また一人と脱落していく。

全員が寝静まったあとも、瑪那は一人で結跏趺坐を組んで眼を閉じていた。眠る気はないらしい。

私はホールの隅に腰を据えて、寝ている彼らを眺めていたが、心は落ち着かないままだった。

何が起きたのかわからないまま、こうして一日が過ぎようとしている。

次々と二人が亡くなり、しかも助けが来ないのだ。彼らは名状しがたい恐怖にとらわれているに違いない。

かといって、私にできることは何もなかった。むしろ、私の身に起きていることこそは、もっとも不可解といえるのではないか。

私はどうしてここに来てしまったのか。いまだにわからないままでいる。

だが昨日とは違い今は、ここで起きたことと私自身との間には、なんらかの繋がりがあるのではないかという、漠然とした思いに私はとらわれていた。

例えば、吉亞の顔立ちに、私は妻の面影を感じる。

あるいは、李多娜の死に、私は妻の最期を思い出していた。

二人とも胸を刺されて死んだのである。

亡くなる前の妻は、脚の筋肉が完全に衰えてしまい、車椅子での生活を余儀なくされていた。

それでも毎日笑顔を絶やさない妻の姿が眼に浮かぶ。まるで、ふだん通りの生活がずっと続いているような気がしていた、あのころ。

最先端の科学技術はこんなに進んでいるんだよと、私は彼女を励まし続けた。毎日世界中の医療専門家とやりとりをし、新しい治療法や薬に関する情報を集めていたのも、ひとえに科学技術の素晴らしさを彼女に知ってもらいたかったからで、ネットでそうした最新の知見に関する記事を見つけるたび、私はつとめて明るい声で彼女に言った。

「見てごらん。十六年間麻痺に苦しんでいた男性が、３Ｄプリンターで作った外骨格のおかげで立ち上がることができるようになったらしい」

「そうなの。じゃあ将来、人間はトランスフォーマーになるのかしら？」

　妻は微笑した。

　ときおり、妻は自分から冗談を言うことがあった。

「将来、私が全身麻痺になってしまったら、スティーブン・ホーキング博士みたいなコンピュータのついた車椅子をつくってくれない？」

「もちろんさ。いざとなったらＡＩで好みの声を選ぶことだってできるんだ」

　私がそう請け合うと、彼女はそばにいたあの子に訊いた。

「ママが男の声になったらどう？」

「ズボンと同じだよ」

　あの子は、ブロックで遊びながらそんなことを言った。

「ズボンと同じって、どういうこと？」

「ママは自分で好きなズボンを選ばせてくれたじゃないか。長ズボンでも半ズボンでもいいよって。ママは自分の好きなものを穿けばいいって言ってたんだから、ママだって好きなものを選べばいいよ」

そんな風に笑い合いながらも、私たちが彼女の病気に関して真実を口にすることは決してなかった。妻はもう立ち上がれない。それは骨格の問題ではないのだ。

一度だけ、真夜中に妻は「私、死ぬのが全然怖くないの」と静かな声で言ったことがある。

「知ってるさ。君は強い女性だ。こんなことで死にやしない」

「私はね、自分が死にたいときに死ねなくて、このままでいるのが怖いだけ」

そう言う彼女の手はまだ動くのだ。私は「まだ時間はあるさ」とそれだけを言った。

彼女は頷きながら言った。

「まだ時間はあるわよね」

それからしばらくして、妻はまだ動かせるその手で自らの心臓を突き刺した。

もし、私が最先端の科学になど興味もなく、ハッカーがたやすく悪用できるハイテク製品が家中に溢れているようなこともなければ、妻がこんな死に方を選ぶことはなかったろう。

家のモニターにアクセスして真実を知ったとき、私はその鮮明な映像がいっぺんにすうっと遠のくように気を失ってしまった。

それから重度の鬱病と診断され、これからの自分の人生のありかたを考えても、答えは出なかった。私はすべてに絶望し、友人の紹介で民間の施設に入り——退院すると、小説の世界からの引退を宣言した。

当時の私は誰とも話をしたくなかったのだ。自分の子どもとさえ。

そうしてついに私は、ネットを含めたすべてのデジタル機器を生活から排除する覚悟を決めた。

「美しい島に行こう。そこに住むのはどうだい？」

私の提案に、あの子は何も答えなかった。

荷物をまとめたその夜、妻のいない部屋にこれ以上いるのは耐えられなかった。不安に駆り立てられるように、がらんどうになった家の中を歩いていると、あの子が一人で書斎の椅子に座り、一心に何かを見つめていた。

気になって近づき、彼の肩越しに覗き込みながら、私は言った。

「何を見ているんだい」

あの子が見ていたのは、私がまだ子どものころ、自分の習作を保存するために使っていたディスクだった。妻が捨てられずに箱に入れてしまっておいたのだろう。それを知って、私は胸が張り裂けそうになりながら、あの子の声を聞いた。

「これはなんの玩具《おもちゃ》なの？」

「たいしたものじゃない。ただの遊びに使うためのものさ」

そう言って部屋を出ようとすると、あの子が後ろから声をかけてきた。

「パパ」

振り返ると、あの子は眼に涙を浮かべながら、

「もうお話は書かないの？」

私は首を振った。

「どうして？」

「この時代にうんざりしたんだ。もうデジタルに関する小説を書くつもりはない」

あの子は困惑の入り交じった眼で私をじっと見つめていた。私の言っていることが理解できなか

ったのだろう。

「パパ」

「うん？」

「またお話を書いてよ」

あの子は言った。

「パパは言ったよね。ぼくが十二歳になったら、パパのお話を読んでもいいって」

私が書いていたのは人が殺される小説だった。妻はそうした刺激の強い物語を、幼いあの子には読ませたくないと考えていたのである。

――人を殺した者は最後に罰せられるべきよ。

妻は強い口調でそう言った。

ふとあのときの光景が脳裡によみがえる。私は苦笑いを浮かべると、あの子の頭をそっと撫でて書斎を後にした。

すまない。私はもう書くつもりはないのだ。

人を殺した者は最後に罰を受けるべきなのだから。

これは、お前の母親を殺した罪に対する罰なのだ。

その日以降、私はあの子を連れて南太平洋に浮かぶ小島に居を移し、そこで三年間を過ごした。

島に一人残されたあの子は、いま、どうしているのだろう。

あの子と同い歳に見える李麥克が亡くなったとき、私は一刻も早くあの子のもとに飛んでいきたい衝動に駆られたが、どうしようもない。

私はいったい、いつまでここにいるのだろう？


小Rは、眼の前にあるスマートミラーを見つめていた。

ミラーは少女の素顔を映し出し、その下には、化粧品のボトルが散らかっている。

「コクーン、教えて。フランス料理のレストランにマッチしたメイクはどんな感じかしら？」

「顔の形、肌質、特徴からフランス料理のレストランに最適なメイクをご案内します」

鏡に映し出されたのは、いかにも艶やかで華やいだ感じのする顔だった。

小Rは浮き浮きしながら、すぐにそれと同じ化粧を施していく。

「コクーン、教えて。フランス料理のレストランにはどんな服がいいと思う？」

「あなたの体型からフランス料理のレストランに最適なスタイルをご案内します」

小Rは、スマートミラーに言われた通りに、クローゼットから勧められた服を取り出すと、それに着替えた。

化粧をし服を着替えた小Rは、見違えるように美しい女性へと変じていた。

彼女は鏡の前で楽しそうにくるくると回ってみせる。

彼女はふと思いついて、スマートミラーに問いかけた。

「コクーン、教えて。自殺するにはどうすればいいの？」

第三章

1

前日の不安からか、誰もがあまりよく眠れなかったようだ。

ようやく明け方近くになって深い眠りにつくことができたらしく、寝息を立てているみんなを、私は胡座《あぐら》をかいて見守ることにした。

四時を過ぎて、最初に眼を覚ましたのは瑪那《マナ》だった。

起き上がるとすぐに、みんなの安全を確かめるように周りをゆっくりと見渡している。

彼女は音を立てないようにホールを出ると、海に向かって結跏趺坐を組んだ。

暗闇の中に遠く海鳴りの響きだけが聞こえてくる。彼女の胸はその音に合わせるように、ゆったりとしたリズムで上下している。彼女の体は濃い闇にすっかり紛れこみ、黒く沈んだ影のように見える。彼女の存在は空と海の音と一体化しているように感じられ、突然、言いようのない感慨が湧き上がった。

私たちはいつも何者かに追い立てられているような不安そうな眼で、アリクイのように常にあちこちの隙間に鋭い舌先を突っ込んで獲物を捕らえようと必死だ。もはや自分の心や身体さえ、道具としか見ていない。

次に高哲生《ガオジョーション》が眼を覚ましたときには、すでに六時を過ぎていた。

彼もまた、眼を覚ますとひとわたり周囲を見まわしたが、すぐに立ち上がり、ドアの向こうに瑪那がいることを確かめる。

ようやく空が白んできた。彼はゆっくりと歩きはじめ、彼女から一メートルほど離れたところで立ち止まった。

「おはようございます」

彼女と眼が合った瞬間、彼は少し体を硬くしながらも、優しい声で言った。

「船はいっこうに来ませんね」

「ええ」

「何かあったんでしょうね」

独り言のように呟くと、彼女と同じように結跏趺坐を組んで、

「ところでいま何時です？」

「六時五十分です」

瑪那は答えると、いかにもすまなそうに、

「こんなことになってしまって、本当に申し訳ありません」

「いいんですよ。あなたのせいじゃありません。もう私たちは同じ船に乗っているのかも。ただし、この船は動きませんが」

瑪那は何も答えなかった。

後ろから見ると二人の背丈はほぼ同じで、体型も引き締まっていて美しく、お似合いに見えた。

「ところで瑪那さん」

「瑪那で結構です」

「では、瑪那」

彼女の名前を口にしながら、彼は少し照れたように頬を赤くして、

「主催者が『毎晩六時に連絡がなければ、誰かを派遣する』と言っていたのは本当ですか？」

「ええ」

高哲生は黙り込んだ。瑪那は彼の方を向いて、

「あなたは何を考えているの？」

彼は声をひそめて言った。

「僕は彼を疑っているんですよ」

瑪那は高哲生を見た。灯油ランプの灯りが、彼女の穏やかな表情と彼の疑念を含んだ眼を照らし出す。彼女がそっと体を寄せると、彼もいっそう顔を寄せて、

「劉東尼《リュートニー》ですよ」

と低い声で言った。

「あんなに大きなスーツケースに経典が一冊しか入っていないのは、おかしいと思いませんか。初日に彼が荷物を部屋に運ぶとき、僕は彼のすぐ後ろについていたんですけど――」

「彼は私たちに何かを隠していると？」

「衛星電話じゃないでしょうか」

「どうしてそう思うんです？」

「主催者は定期的にこちらと連絡を取っている、通信が途絶えた場合はすぐに救助隊を派遣すると、あなたは言っていた。昨日の午後六時から十二時間は経っているのに、まだ誰も来ないんですよ。主催者が僕たちを見殺しにするはずがないとしたら、可能性は一つしかありません」

「つまり劉東尼はどこかに衛星電話を隠し持っている、とあなたは言いたいんですか」

「ええ。それにボイスチェンジャーも隠しているかもしれません。あなたの声を真似て主催者に報告していたとしたら、どうです。主催者側が誰も派遣しないのも納得がいくとは思いませんか。こちらと連絡が取れていると向こうが信じ切っているとしたら」

「彼がどうしてそんなことを？」

高哲生は油断なくあたりを見まわした。薄闇になんの動きもないことを確かめると、彼は声を低くして、きっぱりと言った。

「彼が李《リー》親子を殺した犯人だからですよ」

「高さん――」

「哲生でいいです」

「哲生、でも証拠はないでしょう。それに動機は？」

「彼が昨日話した通りですよ。李多娜《ターナー》は彼の元恋人だったが、彼女は浮気をしていた」

「それで？」

「彼らは二人でスマートスピーカーの会社を立ち上げたんです。会社を清算したあと、劉東尼はその持ち株を元手に、別の医療機器会社を設立した。一方、李多娜のビジネスは、医療機器業界を巻き込んで急速に拡大していった」

スマートスピーカーという言葉を耳にして、私は啞然とした。

「少し前に、李多娜の会社が劉東尼の会社を買収する計画がある、という話を耳にしたんですよ」

「そうでしたか」

「あなたは知っていると思ってたんですけど」

高哲生はいかにも意外そうに、

「だって、あなたはデジタルデトックスのコースを担当するくらいだから」

「私はあくまでもデジタルデトックスの瞑想を指導するインストラクターに過ぎません。事務的な仕事はしていないんです。クライアントは、本名でなくともコースに参加することはできますし、実際、参加者の実名や実際の職業などは私にとって重要なことではありませんから」

「じゃあ、あなたは参加者がどんな人物かも知らないんですか？」

「ええ。申し訳ありませんが」

二人はそれきり黙った。

私は高哲生にもっとスマートスピーカーの話を続けてほしいと思ったが、彼がその話を持ち出すことはなかった。

空はいよいよ明るんできて、藍色の海が眼の前に見渡せる。

「もし僕の推理が正しければ、劉東尼は自分に不利な証拠を隠滅するチャンスを窺っているに違いありません。それを片付けてから、救助を呼ぼうとしているんじゃないでしょうか」

「じゃあ、私たちはどうすればいいんです？」

「彼が隠している衛星電話を探してみようと思うんです」

高哲生はそう切り出すと、

「手伝ってくれませんか」

「どういうことです？」

「劉東尼を見張っていてください。証拠を隠滅しようとしているのか、それとも別の思惑があるのか――いずれにしろ、彼は必ず何かを仕掛けてくると思います」

「それを、どうして私に？」

瑪那は訊いた。

「少なくとも今のところ、あなたに怪しいところは見当たりません。だが陳《チェン》博士と吉亜《ジア》は違う。本当のことを話しているのかどうかもわからないし、昨日の彼らの態度は非常に不自然でした。彼らは腹の中で何を考えているのか、あるいは裏で劉東尼と繋がっているかもしれない。それに――」

彼は、急にはにかんだように、

「僕が思うに――なんていうか、あなたと一緒にいるとふしぎと落ち着くんです。そんな人が犯人とは思えない」

高哲生の言う通りだった。確かに瑪那は独特の静謐さを感じさせる。そして、その静かな佇まいには、確かな力が潜んでいるようだ。

瑪那はしばらく黙っていたが、ようやく口を開いた。

「じゃあ、あなたは？」

「なんです？」

「あなたは犯人じゃないんですか？」

「僕を疑っているんですか？」

「私は誰も疑わないけど、誰も信じないんです」

瑪那は淡々とした口調で言うと、

「すみませんが、お手伝いすることはできません」

「どうして？」

「あなたたち全員が、いまは私の生徒です。島で殺人事件が起きたからといって、それは変わりません。いま、劉さんを犯人とする証拠はないわけですし、あなたは警察でもないわけでしょう。私には、あなたの考えに付き合って他の生徒をそんな眼で見ることはできません。協力することはできませんが、あなたの計画は誰にも話しませんのでご安心ください」

「ありがとう」

高哲生は笑うと、

「では、あなたはどこを探せばいいと思います？」

彼の問いに、瑪那は少し考えてから、

「ふだん人が立ち入らないところとか」

「その通りです」

高哲生が強くうなずいたところへ、後ろから声が聞こえてきた。

「二人ともえらい早起きじゃないか」

私が振り返ると、劉東尼がドアの前に佇み、口の端をあげてこちらを見ている。

高哲生は立ち上がったが、瑪那は結跏趺坐を組んで座ったままだ。

「助けは来ないようだな。いったいどういうことなんだい」

「私にもよくわからないんです」

瑪那は言った。

「珈琲の用意をしましょうか」

「俺はいらない。房《ファン》さんもまだ起きてこないし、食欲もわかないしな」

三人は何か話しながらホールに戻っていく。

十時になると房がようやく起きてきたが、まだ助けが来ていないことを知って、彼女はたちまち不安な顔になる。少しの間放心状態だったが、突然「あっ」と叫ぶと、急いで厨房へ向かった。

やがて十二時になると、残りの二人が次々と眼を覚ました。みんなは一様にまず助けは来たのかと訊いたが、それが叶わなかったと知るとがっくりと肩を落とす。

しばらくして、房が料理の載ったトレイを持って厨房から戻ってきた。ポテトスープと野菜サラダで、それを置くと彼女は再び中央のドアから出て行き、すぐにまた大きなトレイに盛られた果物と珈琲ポットを運んでくる。

「手伝いましょうか。あなた一人でそんなにたくさん運ぶのは大変でしょう」

高哲生がそう言って房の傍まで歩いてくると、

「大丈夫です。カートを使ってますから」

房が答えた。

「食事にしましょう」

瑪那が声をかける。

「みなさんの様子を見ていると」

房はひとわたりみんなを見渡しながら、

「どなたも、ここが落ち着くようですね」

「そうみたいだ」

高哲生はそう答えると、房の方を向いて、

「あなたは不安じゃないんですか？」

房はふと口を噤んだ。高哲生は、不安そうな眼をした彼女の肩に手を添えると、つとめて明るい声になって言った。

「心配いりませんよ。遅かれ早かれ助けが来るでしょうから」

高哲生は思いやりのある人のようだ。私がそんなことを考えていると、

「ありがとうございます……」

房は他愛なく眼を輝かせる。

「あなたは今年、何歳に？」

「二十五になります」

「まあ、いとこの息子と一緒なのね」

房は声をひそめてそう言った。

高哲生はそれには何も答えないまま、自分のカップに珈琲を注いでいる。

適当に食事を済ませたあともみんなはひどく沈んだ様子で、助けが来ないと知って立ち直れないらしい。陳博士と劉東尼が珈琲を取りに行く。果物を食べ終えた吉亞も珈琲を注ぎに行ったが、

「あら、珈琲がなくなっちゃうわ」

と言った。

「すみません。食べ物を運んでいる最中に珈琲ポットを一つ壊してしまいまして」

房が申し訳なさそうに、

「ですので、いつもの半分しかございません」

「いいのよ」

吉亞は残りの珈琲を注ぐと席に戻り、カップの底を両手で包むようにしてゆっくり味わっている。

瑪那はひとりで座ったまま、黙々と食べている。高哲生は彼女の方に眼をやると、ほんの少し躊躇ったあと、彼女の隣に腰を下ろし、手にしていたカップを置いた。

彼女が顔をあげる。

「これ、どうぞ」

高哲生は気さくな態度で珈琲の入ったカップを彼女に差し出した。

「ありがとうございます。でも、私、珈琲は飲まないので」

「ああ、そうでしたか」

高哲生はそう言うと、そのまま自分の場所に戻った。

空腹が満たされてもいっこうに気が晴れないみんなに対して、陳博士がふと、

「しかし待っているより他に方法はないんですかね」

焦れたようにそう切り出すと、さらに言った。

「これだけ待っているのに、どうして誰も来ないんでしょうか」

「確かに変よね」

吉亞が口を挟んだ。

「二人も死んだのに誰も助けが来ないなんて」

珈琲を飲みながら不審げな顔になって、吉亞がそんなことを口にすると、

「もう待っているのもうんざりですよ。ここから抜け出す別の方法でもあればいいのですが」

陳博士が不満そうに言うのに、房が続けた。

「このあたりには他に島もないし、こちらから船を出すこともできません。倉庫にはライフジャケットしかないし、おまけに無線機もないとなると、もうお手上げです」

「まったく、妙なところだぜ。デジタルデトックスにはうってつけの場所かもしれないが、どうしてこんなことになったんだか」

劉東尼が横合いから口を挟んだ。

「この建物の中をもう少し探してみませんか。何かあるかもしれません」

陳博士の提案に、

「だったら倉庫を探してみましょうよ」

吉亞が口を添えた。

みんなで倉庫を隅々まで探してはみたものの、房の言うとおり、トイレットペーパーなどの生活用品以外は、ライフジャケットと救命浮き輪があるだけで、通信機器や島を脱出するのに使えそうな道具は見当たらない。みんながっくりとうなだれるばかりだ。

高哲生がふいに、

文藝春秋の新刊

9

2023

「明治村にて」©大高

●インチキ教祖から宗教2世の少女を救い出せ！

石田衣良

神の呪われた子

池袋ウエストゲートパークXIX

ウイスキーバブル、過激な推し活、連続強盗団……停滞する日本で起こっているトラブルに、マコトが立ち向かう。シリーズ第19弾

◆9月11日
四六判
上製カバー装
1870円
391745-0

●青春小説家が描く、青春の終《しま》い方

額賀 澪

青春をクビになって

「雇い止め」という冷たい現実を前に、研究を愛するポスドクが下した決断とは——。社会に横たわる痛切な苦みを描く、著者新境地

◆9月11日
四六判
並製カバー装
1760円
391746-7

●21世紀の『十角館の殺人』がマレーシアから登場

王元　玉田 誠訳

君のために鐘は鳴る

デジタル機器に囲まれた日常の疲れを癒すデジタル・デトックスが行われた孤島で連続殺人事件が。島田荘司賞受賞の傑作21世紀本格

◆9月12日
四六判
並製カバー装
1980円
391747-4

●非常識で、冷笑的な人々が増えたこの国で——

内田 樹

街場の成熟論

なぜ複雑な話は「複雑なまま」扱ったほうがよいのか？ 親切、品位、勇気…失われゆく徳目を明らかにし「大人の頭数」を増やす本

◆9月13日
四六判
並製カバー装
1760円
391756-6

●「余命宣告」を受けた大人気声優が語るあの日のこと

病める時も健やかなる時も

『涼宮ハルヒの憂鬱』の朝比奈み

2日

ー装

-2

◆発売日、定価は変更になる場合があります。
表示した価格は定価です。消費税は含まれています。

たかぎなおこ

つぷりのお弁当コミックエッセイ

◆9
A5
並製

1
39

●メタボは嘘だった!? そのダイエットで早死にする!

50歳を過ぎたらダイエットしてはいけない
メタボの嘘と肥満パラドックスの真実

灰本 元

メタボに科学的根拠はない。小太りの人が結局長生きする。これまでの健康常識を覆す「肥満パラドックス」のすべてがわかる!

◆9月26日
四六判
並製

1650円
391757-3

●英Fタイムズが「最後の逆転にやられる確率100%」と絶賛!

ハンティング・タイム

ジェフリー・ディーヴァー 池田真紀子訳

逃亡する天才エンジニアを追う暴力のプロ2組。彼らより先に彼女を発見・救出せよ。全ての予測を裏切るショウ・シリーズ最高傑作

◆9月26日
四六判
上製カバー装

予価2860円
391758-0

●「学校に行きとうなか…」朝、息子はそう言った

大原さんちの不登校

大原由軌子

大原家の次男坊レイが不登校になった。原因はゲーム中毒か課題か、はたまた発達障害か体罰か……!? 親子で読みたい実録コミック

◆9月8日
A5判
並製カバー装

990円
090151-3

●「また俺、ヤっちゃいました…」系勇者様は今日も旅立てない!!

勇者様、昨夜もお楽しみでしたね。1

おちR

魅力的なヒロインたちに誘惑されまくりで最初の村から一向に旅立てない主人公!!「また俺、ヤっちゃいました…」系勇者誕生!

◆9月27日
B6判
並製カバー装

792円
090152-0

世界の広さを知った桜子が下す結論とは。シリーズ完結！

夢よ、夢
柳橋の桜（四）

佐伯泰英

880円
792090-6

見つかったのは、ミカちゃんなんじゃないか――

琥珀の夏

辻村深月

1155円
792091-3

松村北斗×上白石萌音、W主演にて映画化！

江戸に舞い戻った盗賊一味。蛮行を阻止すべく、久蔵は江戸を奔る。シリーズ第17弾

逃れ者
新・秋山久蔵御用控（十七）

藤井邦夫

847円
792096-8

江戸のカラーコーディネーターが大活躍

江戸彩り見立て帖
粋な色 野暮な色

坂井希久子

814円
792097-5

虐待されている「あたし」。お母さんを殺してしまえば――

あの子の殺人計画

天祢涼

869円
792098-2

消えた彼の過去には何があったのか？ 傑作ミステリー復刊!!

奇跡の人

真保裕一

1210円
792099-9

家族、恋愛、仕事、生活… 37の悩みにズバリ答えます！

アガワ流生きるピント

825円
792100-2

「みんなで島を回ってみるというのはどうでしょう」

そう提案すると、すかさず劉東尼が横槍を入れた。

「ひとりで行動するのは危ないんじゃなかったのかい？」

「もし行くのでしたら、みなさまの安全のためにも、一緒に行動することをお勧めします」

瑪那が言うと、

「私は賛成だ」

陳博士が声をあげた。

劉東尼だけは何も言わずに押し黙ったままだった。

2

彼以外に反対意見もなかったので、二人一組で建物を出た後、時計回りに島を一周することに決めた。

最初は六人がひとかたまりになって歩いていたが、自然と二人ずつに分かれていく。

一番前が房と高哲生で、真ん中には瑪那と劉東尼、その後ろに吉亞と陳博士が続いた。

私はひとり彼らの後ろをついていく。

海の向こうには眩いほどの青い空が広がっている。砂利まじりの地面をあとさきになりながら歩いている彼らの姿を眺めているうちに、私はふと、まだあの子が四歳だったころのことを思い出していた。

あのときは、妻と一緒にあの子を連れてマブール島の水上の家に泊まり、ドローンを海の上に飛ばし、海と空に包まれた家族写真を撮った——。

前を行く六人はしばらく誰も口をきかなかったが、

「陳博士」

やがて吉亞が唐突に話しかけた。

陳博士が「なんでしょう」と言って振り返ると、

「みんなは陳博士と呼んでますけど、ご専門は——」

「神学です」

言いさしたところに彼がそう答えると、吉亞は感心したように「へえ」と言い、

「神学って言われても私、よくわからないし、興味もなかったからなあ」

陳博士は微笑すると、

「で、あなたのお仕事は？」

「新しい形のエンターテインメントをクリエイトする会社に勤めてるんです。仕事は、データアナリスト」

「新しい形のエンターテインメント、ですか」

「簡単に言うと、データを収集して消費者の関心事を分析し、彼らの趣味嗜好に合ったエンターテインメントをクリエイトするって言えばいいかしら」

私は彼女の話を聞きながら、また昔のことを思い出していた。かつて映像記録媒体としてＤＶＤが人気を博していた時期があったが、その後はオンライン・ストリーミング・プラットフォームの

台頭によって、伝統的な映画会社の多くは窮地に立たされることになった。だが三千万人以上の加入者を抱えるネットフリックスは、データを駆使してユーザーの視聴傾向や嗜好を分析し、当時業界では決して評判の良くなかった『ハウス・オブ・カード』の二シーズン分の放送権を購入した。そして目論見通りにこのシリーズは大ヒットしたのである。

「私はね、神学に転向する前は、人工知能の研究をしていたんですよ」

陳博士の話に、吉亞はまた「へえ」と言い、「どうして？」と訊く。

この問いに、彼は少し考えると、

「おそらく、人生の出口を見つけられなかったから、かもしれませんね」

陳博士の声には困惑と悲しみが入り交じっているように感じられたが、吉亞は何も言わなかった。

それからは二人とも口を噤んだまま黙々と歩き続けていたが、再び吉亞の声が響いた。

「神学博士にとって、魂とは何を表しているのかしら？」

「あなたの質問がよくわからないのだけど……」

「魂に関して、前にいろいろな話を聞いたことがあるの。ある宗教では、人は死後にまた生まれ変わると考えているそうね。肉体はハードディスクのようなもので、死ぬたびに中のデータは消去されて、新しいハードディスクに新しいデータが蓄積されるとか、別の宗教では、死後、ハードディスクである肉体は消滅してしまうけど、すべてのデータはどこかに保存されるとか」

魂はデータのようなものという考えを、私は聞いたことがない。それでも彼女の話を聞いて、私は昔、妻と一緒に見たある映画のことを思い出さずにはいられなかった。タイトルはたしか『21グラム』。その映画の中で、人は死後二十一グラムだけ体重が減るという。吉亞の話をそのまま受け入れれば、魂というデータは二十一グラムの重さがあるということになるが——。

もちろん、ミステリ作家として、こんな考えはまったくナンセンスであると思う。

人間の肉体は死後、大量出血や臓器喪失などの特別な場合を除けば、体重が減ることはない。

陳博士は吉亞の質問にどう答えるべきか考えあぐねているらしい。二人はそれきり黙ってしまう。

このとき、前を歩いていた瑪那と劉東尼が親しげに話しているのが聞こえてきて、私は彼らに近づいていった。

「どこかで見たことがあると思ってたが、やっと思い出したよ。あんたは荷莉《ホリー》教授の教え子だ。そうだろう？」

劉東尼が訊いた。

「荷莉教授？」

「以前、とある医療機器の素材を探しに彼女を訪ねたことがあるんだ。彼女を知らないのかい？」

瑪那は首を振った。

「じゃあ、人違いだったか」

「よく誰かに似ていると言われるんですよ」

「それは、あんたが癒やしのオーラを持っているからかもしれないな」

劉東尼は彼女の顔をつくづくと眺めながら、

「あんたのそばにいると周りの雑音が取り払われて、なんというか、ほっとするんだな」

私は劉東尼の言葉に強くうなずいた。

瑪那の身体から発せられる磁場のようなものは、自然界の周波数と同じようなものなのだろう。

彼女の佇まいを眺めていると、長い旅を終えた渡り鳥が木の枝にとまり、羽を休めている姿が眼に浮かぶ。

突然、向こうで銅鑼が鳴った。

顔をあげると、どうやら知らぬうちに島を一周してしまったらしい。

高哲生と房が銅鑼の前に立っているのが見えた。桴を手にした高哲生が七度、銅鑼を叩いた。その表情はいいようのない寂しさを湛《たた》えている。

銅鑼の余韻が厳《おごそ》かに響き渡り、傷ついた心を癒やしていくような心地に浸っていると、瑪那が遠くから静かに彼を眺めているのが眼に入った。

なんの成果もないまま、彼らは東側のドアの方へと歩いて行く。

ドアのところに台秤が置かれていて、通路を塞いでいた。

先ほど外に出るときには、大きなドアの陰になっていて気がつかなかったのだ。

「あ、すみません」

房は慌ててそう言うと、車輪付きの台秤を押しながら隅に移動させ、みんなが通れるようにする。

高哲生が前に進み出て、「手伝いましょうか」と声をかけると、

「大丈夫です。車輪がありますから」

「これはなんです？　見たことがないな」

「デジタル秤ではないですからね。今では珍しい機械式の台秤です。電池も電気もネットワークもなしに、重さを測ることができるんですよ」

房はそう説明すると、さらに言い添えた。

「と言っても、ここではお食事を運ぶカートとして使っているだけですけど」

「なかなか面白いな。どうやって操作するんです？」

「お見せしましょうか。瑪那さん、ちょっといいですか」

房の声に瑪那が近づいてくると、

「高さんがこの台秤の仕組みを知りたいとおっしゃるので、ここに乗ってもらえますか」

瑪那がその台秤に乗るのを、彼らはそのまま見守っている。

機械式の台秤は百キロまで、二十グラム刻みで測れるらしい。

房が高に使い方を教えているあいだ、私は台秤が示す瑪那の体重を見ていた。

そこには五十二・六キログラムと記されている。

「この大変なときだってのに、呑気なもんだ」

劉東尼が冷ややかに言うと、

「劉さんも試してみますか」

房が彼に声をかけた。

意外なことに、劉東尼は断ることもなく喜んで体重計に乗った。

七十・八キログラム。

「標準ですね」

高哲生が言った。

劉東尼は、満足げな表情で台秤から降りた。公平に見て、彼の身体は良好に維持されていると言っていいだろう。

「さあ、余興は終わりだ。これからどうする？」

瑪那はかすかに溜め息をつくと、表情は変えないまま、

「みなさまにとっては不愉快な話かもしれませんが、とりあえずは待つしかありません」

彼女はひとわたりみんなの顔を見渡すと、高哲生のところで視線をとめ、

「また、一分一秒が辛いと感じることもあるでしょう。そうした負の感情を解消したいのであれば、瞑想を続けることをお勧めします」

「まったく、こんなときに瞑想かい」

劉東尼は、自身の不満をぶつけるように鋭い口調で言い捨てると、ホールの方へ歩いていく。

正直なところ、彼が本当に腹を立てているのか、わざとふてくされた態度を取っているのか、私にはわからなかった。

高哲生がすぐに彼の後を追う。おそらく、劉東尼に「証拠」を隠滅する機会を与えたくなかったのだろう。私も二人の後に続いた。

劉東尼は、高哲生に見張られているからか、上階に上がるのを諦めたらしい。彼は仕方なくホールに戻ると、眼を閉じて座りなおす。

やがて、他の参加者も次々と戻ってきた。

3

瑪那は床に座ると、結跏趺坐を組んだ。

「私はこれから一時間の瞑想を行います。参加されたい方はご一緒にどうぞ」

「すみません。私もよろしいですか？」

房は切れ切れの声でそう訊いた。

「何もしていないと、不安になってくるんです」

「みなさま、房さんが参加してもよろしいですね」

瑪那が訊くと、

「もちろんですよ。いつでもどうぞ」

高哲生がすぐにそう答えた。

他の者も賛成するなか、劉東尼だけはホールの隅に座ったまま、関心がない様子でいる。

「それでは以前に教えた通り、まず呼吸に意識を集中してください。吐く息と吸う息がどのように変わっていくのかを感じて」

そして十五分後、房が眼を開いた。

「すみません。うまくできなくて……」

その声に全員が眼を開ける。

思い通りにいかないもどかしさに、房は悔しそうに言った。

「私、三秒も集中できなくて……頭の中にしきりに雑念が浮かんできて、ついついそのことばかりを考えてしまうんです。いったいいつからそんなことを考え出したのかもわからないのに」

「もしよろしければ、そのときあなたが何を考えていたのか教えてくれますか？」

「いろいろなことが次から次へと……でも、もう忘れてしまいました。それでも今覚えていることといえば、食事の準備をどうすればいいかしらとか、あとは恐ろしいことばかり……亡くなった親戚のことや、本当に助けが来てくれるのかとか」

消え入るような声で房が言うと、

「他の人はどうでしょう？　瞑想中、みなさまの頭の中にはどのようなことが思い浮かびましたか？」

「僕の場合は、ここでいったい何をしているんだろう、とかですね」

高哲生が苦笑しながら口を開いた。

「二人も死んでいるっていうのに、僕はここに座って呼吸に意識を集中しようとしている。そう考えると、妙な感じですよね。もちろん人が亡くなったことには不安を感じていますけれど」

彼が話し終えると、陳博士が納得したようにうなずいている。

「つまらないことをいちいち考えてしまうのよね」

吉亜がそう言って肩を竦《すく》めた。

瑪那は落ち着いた声で、

「瞑想中にそうした雑念が湧いてくるのは普通のことなんです。それを無理に押さえ込もうとする必要はありません。ただ観察するんです。雑念が生じても、それはまた消えてしまうのですから」

「質問があります」

高哲生が声をあげた。

「かりにその通りだとしても、瞑想をする人にとって、それはどんなメリットがあるんでしょう？　ずっと瞑想を続けている人は、喜びと幸福感に満たされるという話を聞いたことがあります。これは宗教的な洗脳とどう違うんでしょう？」

「世界にはたくさんの瞑想の方法があります。宗教から派生した様々な方法や、私がこのセミナーで教えているものも含めてですが——私が教えているやり方は、もともと『内観』と呼ばれる瞑想法です。元来、瞑想そのものには宗教的、神秘的なニュアンスはありません。なぜなら瞑想とは一種の応用科学であり、自身の肉体と心の働きがどのようなものなのかを観察する手法なのですから。これはいわゆる実験なんです。実験する観察者が自分自身なら、観察される対象もまた自分自身なのです」

「自分を観察する？　いったい自分の何を観察するんです？」

陳博士はおそるおそるそう口にした。

「自分自身の実相をです」

その答えに陳博士はいっそう困惑したらしい。それは私も含めて周りの者も同じだったようだ。

「毎日食事をして、仕事をして遊ぶ。それが実相ってものなんじゃないの？」

吉亜は笑いながら言った。

「これって間違いじゃないでしょ？　それとも、瑪那先生はこう言いたいのかしら。じつは私たちは水槽の中に浮かんだ脳で、すべては想像に過ぎないって」

「いいえ。私は水槽の中の脳だなんて言いたいわけではありません。確かに人間の脳は血肉の通った肉体の一部です。ただ、それを私たちは自らコントロールできているかということなんです。言い換えれば、私たちの脳は私たち自身なのでしょうか？」

「脳に損傷や退行がない限り、僕だったらコントロールできるでしょうね。僕は自分で着替えて、食事をとることもできるし、座ったり跳ねたり――それにこうして話をすることができる。これって、僕自身が自分の脳をきちんとコントロールできているということですよね？」

　高哲生はそう言うと、さらに続けて、

「それに、脳はもちろん僕自身です。心臓移植を行ったとしても、自分は自分だと言えるでしょう。腕を切断して、そこに金属製の腕を移植したとしても、それでも自分が自分であることに変わりはない。でも、脳を移植してしまえば、それはもう自分だということはできないでしょうね」

　どうしてかはわからないが、その話を聞くと劉東尼は高哲生の方を振り返った。

「では、今このような状況で、恐れず、悲しまず、不安な気持ちに陥らないよう自分自身をコントロールすることができますか？　身体を緊張させずにリラックスさせ、不安や落ち着きのない状態に陥ることなく、喜びと安らぎに満ちた状態を保つよう、自分自身をコントロールすることができるでしょうか？」

　瑪那の問いかけに、誰もが無言だった。

「もしそれができないとしたら、あなたの肉体と脳は自分のものだと思えるでしょうか？　脳は自分自身だと言えますか？」

　房はますます混乱しているようだ。

「じゃあ、私たちの脳が自分自身でないとしたら、いったい誰のものなんです？」

「それっておかしくないかしら？」

　吉亞が口を添えた。

「さっきの話だと、『観察者』と『被観察者』は同じで、もし『観察者』が自分自身で、『被観察者』も自分自身だとしたら、両方とも自分だってことになるわけでしょう？　だとすると、どちらが本当の自分自身なの？」

　瑪那は口角をあげた。彼女の微笑にみんなは落ち着きを取り戻したらしい。

「みなさまが戸惑うのもわかります。その答えを出す前に、まず脳はどのような働きをするのかを理解しておく必要があります」

　瑪那は一呼吸おくと、さらに話を続けた。

「喜び、悲しみ、恐れ、後悔、狂喜、不安――みなさまは人間にはどうしてこんなに多くの感情があるのか、と考えたことはありませんか？

　それは、動物も植物も――もちろん人間も含めて、すべての生物は遺伝子を伝達する性質を持っているからです。そのためにはまず生存する、生き残ることがもっとも重要となります。古代の人類は生きるために、高カロリーの食事をとっていました。現代人である私たちの身体はすでに高カロリーの食べ物を必要としなくなっていますが、脳はまだそれを欲しています。生存への脅威を回避するため、例えば恐怖に反応してアドレナリンが分泌されると、それに対応した感情が生じて、身体は戦闘態勢に入ります。文明社会となり、生存そのものにおいては恐怖を感じる必要がなくなった今日においても、私たちは高カロリーの食べ物を欲しがります。いつ虎が襲ってくるかと恐れる必要はないにしても、職場で密告してくる同僚に怒りを覚えるのは、それが自分の生存を脅かすものであると感じるからなのですね。

　つまり、ポジティブな感情とネガティブな感情が生じるのは、脳が遺伝子伝達を行うための報酬と罰のメカニズムによるものなのです。私たちが何かをするとき遺伝子の伝達に良いことをすると、脳はプラスの感情で報い、遺伝子の伝達に悪いことが起こると、マイナスの感情が生じます。人類が文明社会に生きるようになっても、この感情によるメカニズムは生きているのです。

一方で、脳には記憶力があり、私たちの心や身体にも常に情報が蓄積されています。それが遺伝的な記憶であれ、あるいは私たちの心理や社会システムの形成による成長過程での環境によるものであれ、そうした記憶は次第に一種の思考を形成していきます。思考とは興味や偏見、イデオロギー、アイデア、意見や原則といったものの記憶の総体です。しかし思考が脳を支配してしまうと、自分で感情をコントロールできない無意識の状態に陥ります。生命環境を脅かすような状況——例えば、仕事を失ったりすることを、私たちは好ましく思いません。反対に仕事で昇進するようなことを望むでしょう。しかしそれは、結果として煩悩《ぼんのう》を生み出します。それは往々にして、自分自身を見失っているときに起こるのです。まるで脳が自分自身を勝手に操っているかのような状態ですね。そうして人は感情に支配され、結局終わりのない煩悩に苦しむことになるわけです」

「だからこそ、自分を観察するためには、もう一人の自分に分裂させる必要がある、ということなのかしら？」

吉亜が訊いた。

「分裂させるというわけではありません。観察することによって、無意識を意識のある状態に変えていくということですね。思考は自分自身である、だが私は思考ではない、ということを意識する。肉体は私自身だが、私は肉体ではない。肉体や思考といったものは、一連の情報が蓄積したものに過ぎないのですから」

「よくわからないわ。どうして自分自身の考えが私ではないのでしょう？」

房が訊いた。

「あなたの先ほどの感情に戻ってみましょうか。房さんは瞑想中、頭の中にいろいろな雑念が湧いてきた、と言ってましたよね。そうした雑念には二種類あるんです。一つは過去、もう一つは未来です。例えば、過去に関する雑念には、ここで起こった二つの殺人事件が含まれています。それはあなたに恐怖を思い出させます。未来に関する雑念は、果たして私たちが救出されるのだろうかという期待を含み、それはあなたに不安と焦燥をもたらします」

瑪那の話に房は相槌を打った。

「確かにそんな感じですね」

高哲生が独り言のように言った。

「考えていることのすべてが、本当は過去と未来に関することだったというのは、思いつかなかったなあ」

「これは、脳が同時に記憶力と想像力の両方を私たちに与えたからなんです。記憶は過去を保存し、想像は未来を投影します。私たちはそうした脳の能力によって、情報を保存したり、新しいアイデアを生み出すわけですが、多くの場合、それはネガティブな記憶を保持したり、非現実的な恐怖を作り出すために使われてしまうのです。例えば房さんは『助かるかどうか不安だ』と口にしていましたが、心の中で『絶対に助かる』と確信していれば、心配することなど何もないはずです。また『未来』はまだ眼に見えるものとなっていないので、『助からない』というあなたの悩みや不安は単なる憶測に過ぎません。そして、憶測は真実ではないのです。なぜなら、現時点ではまだそれは起きていないからです。それでもあなたはまだ起こっていないことに気を揉んでいるわけですね。それは、午後三時から始まる会議がうまくいくかどうかと朝の九時から気を揉んでしまうようなものでしょう。しかし九時の時点ではそれはまだ始まってもいないのです」

「まだ始まっていないといっても、実際にうまくいかないこともあり得るわけですよね。そのことを心配しているのではないですか」

「そうですね。百パーセントうまくいくという確信が持てないために、悪いことが起こるのではないかと考えてしまうのは、『未来』がまだ起こっていないからです。タイムマシンでも実在して未来に行けない限り、うまくいくという確信など永遠に持てるはずがありません。なぜなら未来はまだ確定していないのですから。違いますか？」

　みんなは一様にうなずいている。

「つまり、未来がまだ眼に見えるような形をなしていないために『準備が足りず、会議がうまくいかない』というイメージが生まれてしまうのです。これは、想像力によって映し出されたイメージに過ぎません。しかしそれがプレッシャーを生み出すわけですね。ではそのイメージは本当のものなのでしょうか？　いいえ。それはあなたの想像力が作り出した『未来』に過ぎず、どこにも存在しないものなのです」

　瑪那はさらに話を続けた。

「過去に対する執着もこれとまったく同じです。例えば、何かとても屈辱的な出来事があって、そのことを思い出すたびに怒りを感じているとします。それは相手の行動が自分の自尊心や価値観を損ねるからですね。現代社会で生まれ育った男性が恋人を寝取られたことをあざ笑われるのと、野生状態で孤独に育った男が恋人を寝取られたことをあざ笑われるのとでは、二人の反応は当然異なるものになるでしょう。前者の男性は怒りに打ち震えて、自尊心を傷つけられたと感じるかもしれませんが、後者はたいして気にしないかもしれません。それは、彼らのいる社会的構造から生み出された思考、社会通念が異なるからなんですね。『恋人を寝取られた男は怒るものだ』という通念があるがために、そうした感情が生まれるのです。

　つまり人間の脳はそうした考え方にとらわれてしまっているんですね。起きてしまったことを嘆いたり、まだ起きていないことを心配したりする。瞑想は、そうした様々な煩悩にとらわれた心のつかえを取り除くのです」

「取り除く、というのはちょっと怖い感じがしますね。それを取り除いたあと、私たちはゾンビのように意識もなくなってしまうのでしょうか？」

　高哲生が訊いた。

「心のつかえを取り除くというのは、前頭葉を切られてゾンビのようになるのとは異なります。人の記憶は大切なものでしょう。記憶を意識して使うことで、私たちは自分の人生をより豊かにすることができるのですから。『心のつかえを取り除く』というのは、私たちの心を、過去や未来という幻想的な時間の概念から意識的に切り離していくということです」

「どうして過去や未来というものが、幻想的な時間の概念といえるんでしょう？　それらは実際に存在するものではないのですか？」

　陳博士が疑わしげな顔つきで言った。

「古代の人々は時計を持たず、植物や動物と同じように肉体と自然が一体となり、互いに共鳴し、日の出や日没に合わせて活動していました。四季があるところでは、春に耕して夏に働き、秋に収穫して冬にはそれらの作物を保存していたのです。蟬には十七年もの間、地中に潜ったまま時を重ねるものもいるそうですね。かれらは地上に出てくると羽化して成虫となり、交尾して卵を産むと死んでいきます。ブナの中には長い間花を咲かせないことで、油分の多い果実を猪に食べられないようにし、食糧不足で猪の数が急減するのを待ってから花を咲かせて種をまくものもあるそうです。

　かれらは人間のような時間の概念を持っていませんが、生命は時間の中に溶け込み、また自然と融合しています。ですから、この島に時計はなく、時間を知るための道具を持つことも許されていないのです」

　瑪那はそこまで言うと、さらに続けた。

「私たちは、みなさまを頭の中でつくられた幻想的な時間から、自然と繫がっている真実の時間に戻してあげたいと考えているのです」

「そういえば、ナバホ族の神話でこんな話を聞いたことがあります」

　陳博士は興奮した様子で話を切り出した。

「その神話では、人類はまず、砂に絵を描いて最も原始的な暦をつくったそうです。彼らは大自然の持つ特性から各月に名前をつけ、それぞれの月にはその特徴を表した『心』と幸運を表す『柔らかな翼』があったと言います。例えば十一月は、『細く長い風の月』で、その心は『風』であり、柔らかな翼は『雨』だというように」

「アイヌ語では、一月は『弓を引くと砕ける脆い月』を表すそうよ」

　吉亞がそう言い、

「その時期の気候がとても寒いからだって聞いたことがある」

彼らの話を聞いているうち、以前に妻とインドの土産物屋で見かけた奇妙な鹿角の時計のことを、私は思い出していた。

その時計には短針と長針があったが、時間を示す十二の数字がばらばらに書かれていて、その文字も大きかったり小さかったりとまちまちだった。妻がこの時計を手に取ってためつすがめつしていると、店主がその時計は「インドの時間」と呼ばれていると教えてくれた。話を聞いて興味を持った私たちはその鹿角の時計を手に入れ、家の壁に飾っていた。

「ええ。しかし、経済の急速な発展に伴い、時間もお金と同じように、細かな単位に分けられてしまいました。そして時間はお金の隠喩となってしまったのです。私たちが時間を数えるときは、往々にしてそれを自分の生産量として計算します。現在は科学の進歩によって時間はさらに加速し、人々はネットに接続され、二十四時間仕事に縛り付けられています。しかし、時間は数値的な概念ではなく、純粋にあなたの人生そのものなのです」

「そうだとしても、どうしようもないだろ」

いままで何も言わなかった劉東尼がそこで口を挟んだ。

「実際のところ、テクノロジーの時代に生きている俺たちは、きっちり時間に合わせて生活しなきゃならないんだ。せいぜい空いた時間をデジタルデトックスに費やすくらいで、毎日何もせずに座って瞑想だけをしているってわけにはいかない」

「それは違います。瞑想は世界からの逃避ではありません。先ほども言ったように、心が投影した幻影の時を抜け出して、いま、ここへと立ち返ることを助けるものなのです」

瑪那が言った。

「いま、ここへというのはいったいどういう意味なんでしょう？」

房が訊いた。

「眼を閉じて呼吸に集中していると、次々と雑念が浮かび上がってきます。それを観察者の心で観察しながら、また意識を呼吸に戻していくのです。そうやって呼吸から雑念へ、そしてまた呼吸へと意識を引き戻していくうちに、自分自身の呼吸が浅かったり、忙《せわ》しなかったり、長かったりするのがわかるでしょう。そうした意識の状態が、いま、ここということです」

「だいたいわかったような気がする」

高哲生が腕を組んだまままさらに言った。

「そうすれば、過去と未来にとらわれている思考を追い出すことができるんでしょうか？」

「追い出す、というものではありません。むしろ自分自身の心のありようを意識するんです。例えば何か失敗をしてしまって悩んでいるとき、心は乱れているでしょう。そんなときは、すぐに自身の動揺している心のありように意識を向けるんです。そうすれば、そうした情緒が生理反応を引き起こしていることに気がつくでしょう。例えば胃の辺りが痙攣《けいれん》して、しくしくしているとか」

「そういうことですか」

陳博士はそう言ってうなると、

「なるほどね。デジタルデトックスのセミナーに参加した人たちが健康になったと口にするのはそういうわけだったんですね」

「でも、それが瞑想の目的というわけではありません」

瑪那は笑みを浮かべて、

「確かに、昔、野生で生活していたころの人類は、五感と肌で自然の微妙な変化を感じ取っていました。現在、世界は急速に発展しており、私たちの肉体は単なる抜け殻のようなものとなって、ほとんどの活動は脳内で行われるようになってきています。運動に関心がある人ほど、身体と心は独立したものと考えてしまいがちです。しかし、データを集めてパターンを認識することと、プロテインを摂取して筋肉の美しさを保とうとすることは同じことなのです」

　彼女はそこでふと言葉を切ると、さらに続けた。

「デジタルデトックスが注目されているのは、テクノロジーが私たちの生活を便利で効率的なものに変えたからということもあるかもしれません。ただその一方で、そうしたテクノロジーが私たちの感受性や注意力を劣化させる方向に働いているのも事実です。個人個人が世界と一瞬で繋がりを持つことができるように見える一方で、食事を美味しく食べたり、一家団欒のひとときを過ごすことも、冗談を言ったり会話を愉しむこともできなくなってきているのではありませんか。なぜならＳＮＳはユーザーの注目を集めるために設計されたものだからです」

　瑪那の話を私は感慨深く聞いていた。考えてみれば、ＳＮＳのプラットフォームは人間関係の枠組みを利用しながら、自分たちでネットワークを形成していくものだ。ショートビデオメッセージをメインとするＳＮＳアプリには、スワイプの仕方や滞在時間によってユーザーの関心を計測するものもある。そのうち、人間は幻想に耽り、自分の見ている世界そのものが、他人の見ている世界と同じだと考えるようになっていくのかもしれない。

「またテクノロジーの利便性に頼りすぎて、中毒となっている人もいます。ネットの出現によって大量の画像データや動画へのリンクが巷《ちまた》に溢れた。人々がそうしたものに眼を奪われている一方で、読解力や記憶力は徐々に低下していっています。実は、テクノロジーそのものは中立的なもので、人がそれをどう使うかを意識することが大切なのですね。それを私たちが本当の未来へどう繋げていくのか――」

瑪那の話に私はつくづく感じ入っていた。

日常生活をデジタル製品で埋め尽くすべきかどうかを妻と話し合っていたとき、妻がある資料を見せてくれたことを私は思い出した。それによると、人はデジタル製品を使い過ぎると、記憶力の低下を引き起こし、デジタル認知症に陥る危険性があるというのだ。

『知ってるかしら？　ロンドンのタクシードライバーは、街中のすべての通りを覚えているそうなのだけど、彼らの脳の海馬は普通の人とは異なる構造になっているそうよ』

当時妻はそんなことを言っていた。

『最新の研究では、オートナビゲーションを習慣的に使っている人には、海馬の活動が低下している傾向がある――とあるわ』

当時の私は、そんな妻の話を笑って聞き流した。

妻の死後、私はついにデジタル生活を捨てた。私はあの子とネットも電波も通じない孤島に住むことにし、たくさんの書物を読みふけった。ここに来る前に、私とあの子が住んでいる島で、銀紫色の貝殻をあの子にプレゼントしてくれた少女は、彼女が大切にしていた『ヘンゼルとグレーテル』という童話の本をくれた。

高哲生の声が不意に私の回想を破った。

「では、心が映し出す過去や未来の様々なビジョンを、意識的に取り除くことができたらどうなるんです」

「すべてが幻想であることがわかれば、感情にとらわれることなく、その場を愉しみ、心との繋がりを取り戻すことができます。そうすれば、私たちは人生をめいっぱい生き、空を飛翔する鷲や、天高く伸びる樹木のように、人生の流れを一秒一秒、喜びをもって愉しむことができるのです」

瑪那が答えると、

「じゃあ、自分自身のリアルっていうのはなんなのかしら」

吉亞が訊いた。

「溢れるような生命力を用いて、同じく生命力に満ちた自然界と繋がりを持つことこそが、私たち自身のリアルであり、人生の真実なのです」

「すみません」

房が声をあげると、

「私にはよくわからないんですが」

瑪那は澄んだ瞳をみんなに向けた。

「世界が容量無制限の、クラウド型ハードディスクであると想像してみてください。人間をディスクのフォルダと考えるんです。私たちそれぞれが一つひとつのフォルダであり、異なるサイズのデータを保存しています。脳は、この限られたデータと想像力を駆使してこれが現実の世界であると思わせているのです。

私たちの心は、この世界と接続するためのインターフェースと考えてみてください。脳が無意識の状態にあるとき、私たちは思考に支配され、架空のイメージに惑わされます。そのときの心は密室に閉じ込められ、四方の壁に設置された高解像度ディスプレイの映し出す幻影を真実だと思い込んでしまっているのです。瞑想はこの密室の施錠を外して真実の世界と触れ合うためのツールであり、鍵なのです」

彼女の言葉を聞いているうちに、私は頭が冴え冴えとしてくるのを感じていた。

瑪那の説明にあった「観察者」と「被観察者」という二つの言葉の意味が、私にはよくわかる。自身を観察者と被観察者に分けること――それはミステリを書くときにふと、頭の中に浮かんで来る二つの声によく似ているのだ。「観察者」とは、オブザーバーである。「被観察者」は物語の謎や幻想であり、「観察者」はその謎に対する真相といえよう。

陳博士の声がホールに響いた。瑪那の講義に彼は戸惑っているらしい。

「だとすると、ほんとうの世界とはいったいどんなものなんです？」

その答えを待ち受けていたとき、劉東尼が横から声をあげた。

「講義の途中ですまないが、俺の瞑想体験の話をしてもいいかな」

「もちろんです」

瑪那が優しい声で応えた。

「瑪那先生の、身体や脳、心に関するご高説はなかなか興味深いものだったよ、しかし、それは必ずしも俺たち参加者が聞きたい話じゃない。こんなことを言うと怒られるかもしれないが、哲学みたいなもんはいたずらに人を混乱させるだけでね、俺ならその点をはっきりと、わかりやすく伝えることができるんじゃないかと思うんだ。俺の素晴らしい実体験を聞けば、瞑想という魔法がどんな効果をもたらすのかわかるってもんさ」

彼らの視線を一身に集めながら、劉東尼は座りなおすと、ズボンの裾を引っ張った。

「俺は三年前の事故で、左大腿部と右ふくらはぎの骨を欠損してしまってね。俺自身、医療業界に身を置いていたこともあって、この症状に対する治療方法はよく知っていた。形状記憶素材できたステントに低温圧縮を施したあと、低侵襲手術によって骨の亀裂部に注入する。そうすると体温の影響でステントが膨張して、穴を埋めることができるんだ。そうやって欠損した骨を修復する。問題は、俺の身体がそうした素材にアレルギーを持っていたことでね。従来の外科手術を選択するしかなくなって、その結果、歩行が困難になってしまった。しかしそんな俺も、瞑想に出会ったおかげで、薬も使わずに脚の障害を治すことができたんだ」

彼は自分の脚を叩きながら、得意げに言う。

「どうだ、すごいと思わないか？　瞑想はその人の自己治癒力を呼び覚ますんだ。俺がみんなに伝えたいのはこのことさ」

なぜだかわからないが、劉東尼の話を聞きながら、私は言いようのない違和感を覚えていた。

劉東尼は、瑪那の話を否定しているように見えるものの、一方では自らの体験談を披露して、瞑想の効果を謳っている。この違和感にとらえどころのない、漠然とした何かを感じるのだが、それをうまく言葉に表現できないのがもどかしかった。

劉東尼はまだ滔々《とうとう》と話を続けている。彼の話を聞きながら彼らの周りを歩いていると、奥に座っていた高哲生が静かにホールを出て、中央のドアを抜けていくのが眼に入った。

私の胸は高鳴った。おそらくこの隙に、劉東尼が隠している衛星電話を探し出すつもりなのだろう。

私はすぐに彼のあとを追いかけた。

4

高哲生は陳博士が劉東尼から渡されたものを李麥克《マイク》のベッドの下の抽出しに隠したらしいことを知らない。私はなんとかして彼に隠し場所を知らせたかったが、どうすることもできなかった。

高哲生が李麥克の部屋のドアを開けた。

彼は部屋に入るなりすぐさま掌で鼻を覆い、横たわっている李麥克の死体を避けるようにして奥に進んでいく。床の血痕を踏まないように注意しながら、部屋をひとわたり眺めると、続いてクローゼットの扉や抽出し、スーツケースを順番に開けて中をあらためていった。

その間、私はいつ陳博士や劉東尼が階段を駆け上がってくるかと気が気ではなかった。君が探しているものはベッドの下の抽出しにあると、どれほど彼に伝えたかったことか。

そのときである。私は思わずはっとなった。

部屋の様子が違っている?!

床に散らばっていた鏡の破片が、昨日とは違って見えるのだ。私がその様子を覚えているのは、その破片が、かつて玻莉《ポリー》があの子にプレゼントした銀紫色の貝殻に似ていたからである。

昨日この部屋を出て行ったときのことはよく覚えている。あのとき、この破片はこの場所にはなかったはずなのだ。では昨日はどこにあったのかと訊かれると、はっきりとは言えない。ともあれ、破片の位置が変わっていることは確かだと思う。

しかし、誰かが破片を動かしたなどということがあるだろうか。

昨日のことをゆっくりと思い返してみる。彼らは地階に降りていき、そのまま瞑想ホールにいたはずだ。私は彼らの姿をはっきり見ていたのだから。

私が考えているうちに、高哲生は屈み込んで、ベッドの下の抽出しからバッグを取り出していた。チッ、という音がして、バッグが開かれる。

彼の視線はその中身に注がれていた。

私も中身を覗こうとする。いったい何が入っているのだろう？

そのとき、ふと高哲生の表情に眼がとまった。彼はにわかに眼を大きく開いて、バッグの中のものを見つめている。いったいどういうことなのだろう。衝撃でもない、恐怖とも違う。驚愕というわけでもない。喜びや怒りともまた異なる、いかにも奇妙なものだった。

茫然と戸惑い、とでもいうべきだろうか。

彼の表情を言葉でどう表現したらいいのか、私にはわかりかねた。もっとも近い感じなのは、生まれたばかりの赤ん坊が初めて眼を開き、ぼんやりと世界を眺めているような——とでもいえばいいだろうか。あるいは、「ドラえもん」ののび太が、初めて勉強机の抽出しを開け、ふしぎな時空間の拡がりを目の当たりにして途方に暮れているような……。

だが彼の表情に私は妙な親近感を覚えていた。こんな表情を浮かべた誰かを見たのは、どのくらい前のことだろう。

いったい彼はバッグの中に何を見たのか。

その時、私は足音が後ろから近づいてくるのに気がついた。高哲生が慌てて抽出しを閉めて立ち上がると、劉東尼がドアの前に立っていた。

「誰かと思ったら、高さんか」

彼は何気ないふうに部屋の中を見まわすと、

「ここで何をしているんだ？　また探偵ごっこの続きかい？」

そう言って妙な笑みを浮かべて高哲生を見つめている。

高哲生は何も答えられず、押し黙ったままだった。

「瑪那先生が勝手に動くなと言ってたろ。俺たちは彼女の言う通りにすると決めたはずじゃなかったのかね？」

「その通りだね」

高哲生は顔を赤くして、

「すまなかった」

頬を歪めてそれだけを言った。

「捜し物があるんだったら、次は付き合うぜ」

劉東尼がそう言って微笑すると、

「ありがとう」

高哲生が言った。

二人は地階に降りると、またホールに戻ってきた。劉東尼は陳博士の隣に座り、何かを囁いている。いったい何を話しているのかと慌てて駆けつけたときには、すでに二人の会話は終わっていた。

陳博士は不快な思いが胸底からこみ上げてきたような表情を見せている。

おそらく劉東尼はバッグをさっさと処分しなかった陳博士を責めていたのだろう。

私の劉東尼に対する疑惑は深まるばかりだ。私は彼から片時も目を離すまいと決めた。

その日の夕食は、日が暮れる前に慌ただしく済まされた。日が沈むのは夕方の六時ごろだ。瑪那と房が灯した灯油ランプの明かりがホールを照らし出す。彼女たちは両側のドアのノブをロックした。

「みなさまは、どうして救助が来ないのかと考えていることでしょう。私も同じです。いずれにしても安全のために、暗くなってから外に出るのは控えてください。もしどうしてもというときには、必ず誰かと一緒に行動するようお願いします」

瑪那がそう言うと、劉東尼がすかさず声をあげた。

「俺はごめんだね。どうして個人の自由が制限されなきゃならないんだ」

「劉東尼さん、もう少し我慢しようじゃないですか。外に出たいのなら、僕が付き合いますよ」

高哲生が言うと、劉東尼は彼を見据えて薄笑いを浮かべている。それに応えるように高哲生は微笑すると、タオルと着替えを持って浴室に向かった。

陳博士が慌てて彼の後を追いかけていく。

劉東尼は不安げな表情でしきりに両側のドアをちらちらと見ている。彼はまた何かを持ち出して、海に捨てようとでもしているのではないか。

六時五十分、ついに劉東尼が立ち上がった。彼はタオルと着替えを手にすると、浴室に向かう。

高哲生と陳博士が両側のシャワーブースから出てきたところへ、

「俺はゆっくりシャワーを浴びたいんでね」

劉東尼はそう言うと、シャワーブースに入っていく。

この日、劉東尼は一時間近くシャワーブースから出てこなかったので、瑪那がドアをノックして、

「劉さん、大丈夫ですか」

と声をかけた。

少しすると、劉東尼が不機嫌そうにドアを開けた。

「大丈夫だよ」

劉東尼の冷ややかな声が聞こえてきた。

「ここが一番落ち着くんだよ。だからついつい長くなっちまうんだ」

5

この日の夜も彼らはホールで夜を過ごした。

昼のうちに瑪那が説いた講義を思い出す。

彼女の言う通りだとすると、今の私は思考なのか、それとも霊のようなものだろうか。

私が思考であるとするならば、肉体を失った瞬間に思考も消滅するはずだ。

私が霊であるならば、こうして思い浮かぶ様々な考えはいったいどこから来るのだろう？

あるときは妻のことを、またあるときはあの子のことを考えている。

ホールにいる彼らは、自分が一番落ち着く場所を見つけて、他人とは距離をおいている。

私は彼らの眠る姿を眺めながら、あの子と二人で滞在した小島で眼にした犬たちの群れを、ふと

思い出す。

島にはたくさんの犬がいた。

あの子は、黄色の犬のうち、菲菲《フェイフェイ》と露露《ルル》と呼ばれていた二匹の子犬を特に気に入っていた。だがこの二匹は仲が悪く、いつもお互いから離れるようにして眠っていた。その様子を眺めながら、あの子は困ったような顔で訊いた。

「ねえ、あの子たちが仲良しになるにはどうすればいいの？」

「仲良くさせるといっても難しいなあ。もし彼らが、自分たちは孤島のように孤独でいたいというのなら仕方がないさ」

私はそう言って溜め息をついた。


「待って、もう走れないよ！」

小Ａは小Ｃの手を振り払い、慌ててその場にしゃがみ込んだ。小Ｃは足を止めると、後ろを振り返る。

「誰も追いかけてこないじゃない。どうしてそんなに急ぐの？」

「あそこで人が死んでいたからさ。もっと安全な場所に君を連れて行きたいんだ」

「ちょっと、喉が渇いたわ」

小Ａが言った。

「飲み物を買ってきて」

小Ｃがあたりを見まわすと、自販機があった。

小Ｃは飲み物を選ぶと、ブレスレットをかざす。

ブレスレットから「ピッ」という音がすると、音声が流れ出す。

「一七・八元を引き落としました。残高は四六三・七一元です」

二人は壁に寄りかかり、飲み物を飲みながら、他愛のないお喋りをする。

「ねえ……ここを出たら、今度デートに誘ってもいいかな？」

小Ｃは、勇気を出してそう訊いた。

小Ａは眼をそらさずに、口の端に笑みを浮かべると、

「いま将来のことを考えるのは嫌だから、ここを出たらまたね」

「わかった」

小Ｃは頭を掻いた。

話をしているうちに、ブレスレットの表示がグリーンからレッドに変化していることに、彼らは気づいていなかった。

建物の別の一角では、何者かが彼らの「ライフストリーム」を見つめている。

彼は、この二人が一緒にいると、生理データが変化し始めることに気づいていた。

データは弱点でもある。

彼は次の獲物を誰にするかを決めていた。

第四章

1

四日目の朝になっても、救助隊がやってくる気配はない。

この日の朝も、瑪那《マナ》はいつものように早起きをしてホールのドアを開けた。助けがまだ来ていないことを確認すると、そのまま静かに座って瞑想を始める。

二番目に眼を覚ましたのは吉亞《ジア》だった。彼女はホールを見渡し、次にドアの外に眼をやって、瑪那がいることを確かめる。

しばらくすると吉亞はゆっくりと腰を上げた。足音を忍ばせてドアの方へと歩いていく。

「吉亞さん、どちらに？」

眼を閉じたまま、瑪那がいきなり訊いた。

吉亞はその場に足を止めると、

「瞑想だったら外でやるほうがいいじゃない。景色もいいし。いいでしょ？」

瑪那が答えないでいると、後ろから声が聞こえてきた。

「だったら僕も付き合いますよ。いいですよね？」

振り向くと、高哲生《ガオジョーション》が寝ぼけ眼《まなこ》で座っていた。

瑪那はゆっくりと眼を開けると、二人に小さくうなずき返す。

吉亞は妙にはしゃいだ様子で、高哲生と外に出て行った。

私は急いで彼らの後を追いかける。二人はドアの近くで立ち止まると、遠くの海面を眺めている。

「こんなことがなければ、僕たちだって今ごろは心も落ち着いて、リラックスできていたはずなんですけどね」

高哲生は視線を遠くに向けたまま、静かな声で言った。

「心が落ち着くって、どういうこと？」

「僕、スウェーデンを出たのは初めてなんです。瑪那先生が言ってたじゃないですか。今はネットが繋がっていればどこでだって仕事ができるから」

高哲生はさらに続けて、

「人混みと喧噪から離れて、もう一つの世界の扉を開く。デジタルデトックスをやるんだったら、それくらいは期待したりしませんか？」

「私はそれほど愉しみにしてたわけでもないからなあ」

吉亞が笑った。

「じゃあ何を期待してここに？」

「何も」

高哲生は心持ち首を傾げて彼女を見た。

「質問してもいいですか？」

「いいわよ」

「ここに到着した最初の夜、劉東尼《リュートニー》と一緒だったというのは本当ですか？」

「ええ」

吉亞は眼を丸くして、のんびりした口調で言った。

「それが何か？」

「そうではなくて、あなたは第三フロアの部屋にひとりでいたんじゃないかと思って」

「そうよ」

吉亞は無造作に答えた。

「どの部屋に？」

「どの部屋に」

吉亞は同じ言葉を繰り返すと、

「当ててみて」

「３０１号室ではないんですか」

「そうかもね」

「どうしてその部屋に？」

「どうしてだと思う？」

「吉亞さん、もう少し真面目になりましょうよ」

高哲生は少し困ったように、

「あなたのプライバシーを詮索したいわけじゃないんです。僕は二つの殺人事件の謎を解きたいだけで」

「あなたは優しい人ね」

吉亜は首のタトゥーに触りながら、

「もし彼氏がいなくても、あの人と一夜をともに過ごしたりしないわ」

「あなたを信じますよ」

「別に信じてくれなくてもいいけど」

「劉東尼があなたと一緒にいたと話した理由を知ってますか？」

「どうして私が知ってると思うの？　彼に直接訊いてみればいいじゃない」

「みんなに説明しないんですか？」

「何を説明する必要があるの？　私はあなたたちのことをろくに知らないんだし」

吉亜は小さく笑って、

「ここを出てしまえば、私たちはもう二度と会うことはないのかもしれないのよ」

「じゃあ、なぜ男性棟に行ったのか、その理由を教えてくれませんか」

「質問が多いなあ。詩を読んであげる。そうすればわかるわよ」

吉亜は歌うようにその詩を暗唱した。

　なんぴとも一島嶼《とうしょ》にてはあらず
　なんぴともみずからにして全《まった》きはなし
　人はみな大陸《くが》の一塊《ひとくれ》
　本土のひとひら

そこまで歌うと、彼女は微笑《ほほえ》んで、

「ここから先はよく覚えていないの」

こうして彼女の笑顔を眺めていると、妻の面影が鮮やかによみがえり、私はかすかな心の震えを感じていた。

そのひとひらの土塊《つちくれ》を、波のきたりて洗い行けば
洗われしだけ欧州の土の失せるはさながらに岬の失せるなり
汝が友だちや汝みずからの荘園の失せるなり

「こんな感じ。わかった？」

吉亞が訊くと、

「わかりませんね」

高哲生は戸惑った顔で言う。

「この詩は、私たちの世界全体のことを歌ってるの。誰も一つのちっぽけな島なんかじゃない。私たちは自分のことを自立した人間だと思ってるけど、一人では生きていけないことも知っているはずでしょ。私たち肉体を持つ人間は、生まれたときから蜘蛛《くも》のような存在なの。そしてこの世界を広げるために、私たちは蜘蛛のように網を張り巡らしていく」

「それはいいことなんでしょうか」

「よくはないわ。これは肉体を持つ人間としての悲しさよね。人はひどい孤独にあるときこそ、自由を感じることができるのよ。でも、肉体という制限があるから、孤独を選びきることができないのね。私たちは、自由への欲求と孤独への恐怖のあいだを、鰯《いわし》の群れのように行き来することしかできない」

吉亞の顔は憂いを帯びていく。

「人と人、島と島を繋ぐことで、私たちの生活はより豊かになると思う？　この世界をもっと広くしようとして、すべての点を線で結んでしまうと、自由になりたい人にとって、それは牢獄のようなものになるんじゃないかしら。死んでも自由になれないような」

高哲生はいよいよ困った顔になって、

「あなたの言っていることはよくわからないな」

吉亞は笑うと、

「誰もが繋がりたいわけじゃないってことよ」

「私はその夜、男性棟に泊まった。閉じこもっているのが嫌いだから。わかった？」

吉亞の話を聞きながら、私は恍惚に浸っていた。

六年前の授賞式で、デジタルテクノロジーが人類に無限の利便性とより良い未来をもたらすと確信していると嘯《うそぶ》いた、かつての自分を思い出す。だが、私は妻の死でいっきに眼が覚めたのだ。

ふいに昨日、瑪那が話していたことが頭をよぎった。テクノロジーは、それを使う者が意識的な状態でなければ、本当の未来には繋がらない。

誰かの死
私の減少
私は人類の一員として
私は生きとし生けるものとともに歳を重ねていく

私は周囲のすべてのものに眼を向けながら、その詩を心の中で諳《そら》んじる。

空も、海も、雲も、砂も。

すべてのものは繋がっている。そして私たち生きとし生けるものとともに歳を重ねていく。

私は長いあいだ、その場に立ち尽くしていた。ふと我に返ると、二人はもうホールに戻っていた。

私もホールに戻ることにしたが、気がつくと陳《チエン》博士の姿が見当たらない。

どこに行ってしまったのだろう。

外に出ると、ドアから一メートルと離れていないところに屈んで、彼は何かを拾おうとしていた。

駆け寄ってみると、彼は水晶柱を手にしていた。

どうしてここに水晶柱が落ちていたのか？

よく見ると、彼が手にしている水晶柱は少し変わった形をしていた。平べったく、ほぼ正方形で、ふしぎな色に輝いている。私がもっとよく見ようと近づこうとすると、陳博士はふいに手を引っ込めて、慌てて東側のドアの方に戻ろうとする。

「どこに行ってたの」

そのとき、吉亞が突然、ドアの前に現れて彼に微笑んだ。

「私は……ちょっと外に」

彼の首には例の発疹が現れている。

「その手に持っているものは何？」

「水晶柱だよ。地面に落ちていたんだ」

「見せてくれない？」

陳博士はそのまま水晶柱を吉亞に手渡した。彼女はそれをしげしげと眺めていたが、ふと何かを思いついたように、

「願いごとでもしない？」

と微笑む。

陳博士を左手の蓮池のほとりに引っぱって行き、両手で水晶柱を包み込む。

「どうかこの島を無事に出ることができますように」

そう言うと、彼女は手にしていた水晶柱を蓮池に投げ入れた。

吉亞は足元に転がっていた水晶柱をさらにふたつ拾い上げると、神妙な顔になる。どうやら願いごとをしているらしい。

「何を祈ったんです？」

陳博士が訊くと、吉亞は悪戯《いたずら》っぽい笑みを浮かべて、

「内緒」

願い事を済ませて二人が建物に戻ると、高哲生が中央のドアで待ち受けていた。

「どこに行ってたんです」

「ちょっとトイレにね」

陳博士はそう答えたが、首筋の赤味がさらに増している。

彼は確かに嘘をついていた。私は彼が外から戻ってきたことを知っている。だがその前に、彼はいったいどこに行っていたのだろう？

ダイニングの他に、行く場所などあるだろうか……。

私は足早にダイニングの方へと歩いて行く。すると厨房の方から白い煙があがっているのが眼に入った。

慌てて厨房を覗き込むと、鉄製のオーブンが赤々と炎をあげている。よくよく眼を凝らすと、燃えかすの中にまだ火が点いていないものがはっきりと見てとれた。

それは――。

なんということだろう。私がほんの少し眼を離していた隙に……。

それは米ドル紙幣の札束だったのである。

札束が炎に巻かれて灰になっていくのを、私は呆然と見守るしかなかった。

誰かが気づいてやってくるのではと思ったが、結局、紙幣が完全な灰になるまで誰も来なかった。

いったいどういうことなのか。私は腰を据えて考えてみようとする。しかし頭はすっかり混乱してしまい、様々な疑問が湧いては消えていく。米ドル紙幣をここに運んで、燃やしたのは誰なのだろう？　そしてこの紙幣はいったい誰のものなのか。なぜ札束を燃やす必要があったのか。そして、これを今までどこに隠していたというのだろう？

最初の疑問についてはすでに答えはわかっている。陳博士だろう。彼が建物の外からやってきたのを私は見ている。そしてドアのそばで腰を屈め、水晶柱を眺めていた。彼がなぜ水晶柱を見ていたのかという疑問はひとまずおくとして、問題はついさっきまで高哲生と吉亞の会話に夢中になっていて、私は誰かがホールを出て行くのを見張っていなかったことである。誰かがトイレに行くという口実で、ホールから出て行った可能性も捨てきれない。かりにそうだとしても、私はそれを見ていないし、ホールにいた誰かに訊くこともできないのだ。

あの札束の持ち主は誰だったのか？

札束を燃やすためここに運んだ人物が陳博士だとしたら、それは間違いなく劉東尼のものだろう。言い換えれば、あの札束は李多娜《リーターナー》の死後、劉東尼がバッグごと陳博士に託して処分を依頼したものに違いない。順序立てて考えると、これこそが劉東尼が李多娜に「返したい」と話していたものだということになる。

もしそうなら、それはそれで納得できる。あの札束は、二人で起業した際に李多娜が拠出したものかもしれない。二人の関係がこじれて別れたあと、劉東尼はその金を彼女に返そうとしたのだろう。とはいえ、彼にだって面子《めんつ》がある。このことが世間に知られてはまずいと思い、陳博士に託して処分してもらうことにしたのではないか——とはいえ、なぜ陳博士が彼の依頼をあっさりと受け入れたのかはわからないままだ。

そう、陳博士が札束を燃やしたのは、劉東尼がその処分を依頼したからだ。

となると、最後の疑問となるが、あの札束を陳博士はどこに隠していたのだろう。

これまでの推理が正しいとすれば、やはり李麥克《マイク》のベッドの下の抽出しに隠していたということになるのではないか。

これまでの謎をひとわたり考えると、私はなにか誇らしい気持ちになった。

高哲生が私の眼の前に立っている。もし私がこのことを彼に伝えることができればと思うのだが――。

そのとき、ある疑惑がとっさに頭を掠め、私は急に顔が強ばる。

いや、違う。

李麥克のベッドの下の抽出しにあったものが、米ドル紙幣の札束だとしたら、高哲生はそれを見つけたとき、どうしてあんな顔をしたのだろう。

大金を眼にすれば、眼を輝かせるなり、おどろいた表情を見せるのが普通ではないか。

もし高哲生が資産家で大金を見慣れていたとしたら、死者の部屋の抽出しから札束が出てきても戸惑う程度かもしれない。

だが、あのときの高哲生の表情は少し違っていたように思う。「どうしてこんなものがここにあるんだろう?」というよりも、「これはいったいなんなんだ?」というような顔をしていたように私には感じられた。

そもそも抽出しの中から大金が出てきたとしても、そこまでふしぎではないような気がする。

大金におどろいたのではないとしたら、いったいどういうことなのだろうか。

とっさに私の頭を掠めたのは、私の小説『データコクーン』の舞台だった。

あの小説は、すべての家電製品が相互に通信できる「ＩｏＴ《モノのインターネット》」が張り巡らされたモールが舞台となっている。

いま眼の前にある建物が同じようなものであれば、二つの密室の謎は極めて単純なものとなるのではないか。

いうまでもなく、すべてがネットワークで接続され、各部屋にスマートドアが設えてあるならば殺人もたやすい。

だがその一方で証拠が残ってしまうことも避けられない。だからこそ、犯人がそんなへまをしでかすとも思えない。

だが、そうしたネットワークの存在が絶対に見つからないものだとしたら？

抽出しの中身が「絶対に見つからないネットワーク」となんらかの繋がりがあるものだとしたら――それなら、高哲生が抽出しの中身を眼にしたときに、なんともいえない表情になったのも理解できるのだが。

考えれば考えるほど、私の頭はいっそう混乱するばかりだった。

瞑想ホールに戻ると、みんな集まっていた。

だが一向に救助が来ないと知ると、彼らは一様に暗い顔をして、遠くの海を呆然と眺めている。

「朝食を作って参りますのでお待ちください」

房《ファン》が彼らを元気づけるように、つとめて明るい声を出した。

「そのあとでまたどうしたらいいか、みんなで考えましょうよ！」

「へえ、何か思いついたやつなんているのか？」

彼女の提案を遮るように、劉東尼が不機嫌そうな声で言った。

「それに、ここからダイニングまではほんの数十歩で行ける。あんた、みんなが歩けなくなるか、それとも道に迷ってしまうとでも思ってるのかい？」

房は驚いて瞬きするばかりで、何も言わなかった。

「みんな同じようにひどい目にあってるんです。八つ当たりはやめましょう」

高哲生が言う。

「怒りをぶつけて何が悪い？　ここに来るのに大金を払ったんだ、怒りたくもなるじゃないか」

劉東尼が言うと、瑪那が割って入るように、

「房さん、急いで厨房に行って朝食の準備をしてください」

「はい、かしこまりました」

房が去ると、誰も口をきかない。ホールは静まり返っていた。

この島に来てから余裕綽々に振る舞っていた劉東尼だったが、自らぶち壊しにしてしまった。

食事の支度ができると、彼らはゆっくりとダイニングに向かった。

「今日は起きるのが遅かったので火を起こしていなくて、簡単なものしかお出しできないのですが」

房がすまなそうに言うが、文句を言う者はいない。劉東尼も無言だ。

房が朝食用のシリアルと蜂蜜水を運んでくると、みんな勝手に食べ始めた。

最後に朝食を選んだのは瑪那だった。彼女は昨日と同じようにシリアルと蜂蜜水を混ぜているが、今日は蜜棗《インドナツメ》は取ってこなかった。

房は、厨房に戻って珈琲を淹れるために火を起こそうとする。そのとき、彼女はオーブンの中の灰を見ておどろいたらしく、踵を返すと、慌てて厨房から出て行った。

「すみません……」

ためらいがちにそう切り出すと、

「どなたかオーブンを使いましたか」

と訊いた。

誰もが首を横に振り困惑した顔でいる。その中で、陳博士だけはうつむいたまま顔を赤くしていた。

「どうしたんです？」

瑪那がいぶかしそうに訊くと、

「いえ、たいしたことじゃないんですけど」

房はそう言って厨房に戻っていく。

会話のない朝食が始まり、食事を終えると、何人かが代わるがわる珈琲をカップに注いでいる。

そんな彼らを眺めながら、私の脳裡には焼け残った米ドル紙幣の札束がありありと思い浮かんだ。

「ねえ、どうしてここに名前が書いてあるの？」

2

ふと後ろを振り返ると、珈琲ポットの置かれたテーブルのそばに吉亞が佇んで、足元を見ながら声をあげた。

私が覗き込むと、砂地の地面には「朱莉《ジュリー》」という文字が書かれている。

「朱莉っていうのは誰？」

そのとき、同時に二人の顔色がさっと変わったのを私は見てとった。

ひとりは劉東尼。

もうひとり、蒼白な顔をして佇んでいるのは房だった。

朱莉というのは、いったい何者なのだろう。劉東尼と房に関係する人物なのだろうか。

その場では誰も自分が書いたと名乗り出なかったので、この問題はそこで立ち消えになった。

朝食を済ませてホールに戻ったあとも、救助が来ないことで彼らの苛立ちは募るばかりだった。

「ああ、もう耐えられない！　ちょっと外に出てみてもいいかしら？」

一時間ほど瞑想していた吉亜が、ついに堪えきれないというように声をあげた。

彼女はゆっくりと一人ひとりを見渡して、最後に高哲生のところで視線をとめた。

「どこに行くのかな？」

「ちょっとこの建物の周りを歩いてみたいだけ。なんだったら一緒に行かない？」

「わかりました。付き合いますよ」

高哲生はそう言いながら、劉東尼の方を向いて、

「劉さん、いいでしょう？」

劉東尼は、まるで心ここにあらずといった顔のままうつむいている。高哲生が何度か声をかけると、ようやく我に返ったように顔をあげて、焦れったそうに手を振った。

「朱莉」という文字を見てから、どうも彼の様子がおかしい。高哲生たちについて行こうかと思ったが、今朝の劉東尼と房の戸惑った様子を思い出して、やはり今はここにいるべきだろうと私は思いなおす。

彼らがここに留まるのであれば、私もここにいよう。

腰を下ろしたまま、彼らの様子を窺っていると、瑪那が突然立ち上がり、房に声をかけた。

「房さん、ちょっといいですか」

房は無表情のままぼんやりと瑪那を見上げていたが、ようやく我に返ったように小さくうなずいた。

「私たちはちょっと、外で風にあたってきます」

瑪那が声をかけると、陳博士は不安そうな眼でうなずいたが、劉東尼は聞いていないようだった。

二人が外に出ると、吹きつける海風に服の袖が舞い上がる。

「いったいなんでしょう」

房が不安げに訊くと、

「気分はどうです？」

瑪那は彼女に訊き返した。

「ええ。いいですよ」

「どうも朝から気分がすぐれないようでしたから」

房はしばらく黙っていたが、やがて意を決したように、

「あの名前なんですが――」

そう切り出すと、瑪那は顔をあげて彼女を見た。

「朱莉というのは、私のいとこなんです」

瑪那は意外そうに、「いとこ？」と訊き返す。

房はうなずいた。瑪那は戸惑った顔で、

「あの名前を書いたのはあなたですか？」

「いえ、書いたのは私じゃないんです」

房は慌てて言った。

「朱莉の名前を見たときは、これはいったいどういうことなのかしらと思いました。妙ですよね。誰があの名前を書いたんでしょう？　昨日、私たちは過去にとらわれていると、瑪那さんはおっしゃいましたよね。あの話を聞いてから、私、ずっと考えていたんです。そもそも誰かが朱莉と話をしていれば、あんなことにはならなかったんじゃないかって――」

「どういうこと？」

話の意味をはかりかねて、瑪那が訊くと、

「彼女は自殺したんです」

房は低い声になってさらに続けた。

「賢くて、真面目な人だったんです。私より五歳年下で、もともと最新のテクノロジーに興味があって――それで世界を変えたいと思っていたみたいなんです。そんな素晴らしいあの人が自殺してしまって……」

「いったい何があったんです？」

「高さんたちと同じように、私のいとこも以前はＩＴの会社で働いていて、製品開発を担当していたんです。その会社は、Ｖで始まるブランドのスマートスピーカーを製造していて」

スマートスピーカーという言葉を聞いて、私の頭にふと浮かんだ名前があった。

Visudhaだろうか？

私は胸の動悸をけんめいに押し鎮めようとする。

彼女が言っているのは、Visudhaのことではないのか？

房はさらに話を続けた。

「彼女の話ですと、その会社のスマートスピーカーは密かにユーザーからデータを収集していたらしいんです。ところが、製品のセキュリティに問題があり、ハッカーがシステムに侵入してあるユーザーを自殺に追い込んだとかで——事件の一部始終は監視され、録画も残っていたのですが、会社はこの事件を隠蔽《いんぺい》してしまったんです。事件を知ったいとこは動揺して、会社の上層部に意見をしたところ、そのせいで解雇されてしまって……」

「それで？」

「このことをきっかけに、いとこは自分を殺人の共犯者だと思いつめて、鬱病になってしまって……。自殺したのはそれからすぐのことでした。この事件以来、私はテクノロジーの進歩に抵抗があるんです。瑪那さんは昨日、『テクノロジーそのものは中立的なもので、人がそれをどう使うかを意識することが大切で、それを私たちが本当の未来へどう繋げていくのか——』とおっしゃってましたよね。でも、中立的なテクノロジーでも、その進歩を無意識に受け入れてしまっては、なんらかの被害に繋がる可能性だってあるんじゃないでしょうか」

「そうかもしれませんね」

「私がもっと早くいとこの様子を気にかけていたら、もしかすると彼女はまだ生きていたかもしれないし、家族がバラバラになってしまうこともなかったと思うと……」

ひどく悲愴な顔でそう話す房の顔を見ていると、家族三人で暮らしていた当時のことがありありとよみがえり、私は胸が熱くなった。

「彼女にお子さんは？」

「ひとりだけ。今は北欧にいます。最後に会ったのは、いとこの葬儀のときでした。かわいそうに、あの子は……」

「それであそこに名前を見つけたときに、あなたは――」

「書いたのは私じゃありません。いったい誰が書いたのか、本当にわからないんです」

房は慌てて手を振ると、

「でもみなさんに訊いても、誰も知らないと言うし」

「参加者の中に顔見知りの人は？」

「もちろんどなたも存じ上げません」

房はそう言ったが、瑪那は半信半疑らしい。

「誰かがあの名前を書いた目的はよくわからないですけど、いずれにしても、これまで同様、あらゆることに気をつけてください。決してひとりで行動しないようにお願いします」

「本当に変なことばかりですわ。瑪那さん、私たち、きっとここから出られますよね？」

房の思いつめたような声に、瑪那は遠くを見るような眼になって、

「心配いりません。きっと助かります」

スマートスピーカーの話をもっと聞きたいと思ったのに、その話は立ち消えとなってしまった。

その一方で、霧がかかったようにぼんやりとした私の思考に、少しずつだが曙光が射し込んでき

たような気がする。

私は自分自身と、この島にやってきた彼らとの繋がりをようやく見出したのではないか。

高哲生の話によれば、李多娜と劉東尼はスマートスピーカーを製造する会社を二人で立ち上げたという。私が以前に使っていたスマートスピーカーは、この会社が製造したものだった。そしてこのスマートスピーカーを使用していたことで、三年前に私の妻は自殺したのだ。房のいとこの自殺にも、この会社のスマートスピーカーが関係しているという。

そこで、私はふと思った。

房は以前、高哲生の姿を見て自分のいとこの息子を思い出したと話していたが、そういえば二人は同い歳だと言っていた。そのいとこの息子は北欧にいるという。一方で高哲生はスウェーデンに住んでおり、二歳のころから海外には出たことがないと話していた。

その高哲生が嘘をついていたとしたら……。

そこまで考えて、私はあっさりとこの考えを捨てることにした。そもそも高哲生が房のいとこの息子だとしたら、見覚えがないはずがない。二人は、三年前にいとこの葬儀で会っているのだから。

そんなことを考えていると、銅鑼の音が聞こえてきた。

瑪那と房はお互いに顔を見合わせると、建物の東側の方に眼をやった。

向こうには高哲生と吉亜が銅鑼の前に立っているのが見えた。その様子はまるで恋人同士のようにも見える。

高哲生は桴を手にして、一打一打と叩いていく。

私はそっと眼を閉じた。

ささやかな波動が波のように鼓膜を揺らし、耳の奥に次々と波紋を拡げていく。

その音に浸りながら、私は初めて自分の存在というものを感じていた。

私自身と、時間と、自然と、そして世界は共にある。そんな実感があった。私はこの大気を震わせる波動のひとつであり、そこからさらに新たな波動が生まれて拡がり、消えていく。

私の人生は、その波動に合わせて様々に変化していくのだ。周囲の生きとし生けるものはみな呼吸している。

私は人類の一部として、ともに歳を重ねていく。

そう思うと、妻だけではない、李多娜と夭逝したその息子の麦克のことがふと、頭をよぎった。

高哲生が七回、銅鑼を叩く。

そのあいだ、誰もが口をきかずにその様子を見守っていた。

あの男が猛獣のように飛び出してきて、沈黙を破るまでは。

「頭がおかしいのか？」

劉東尼は口汚くそう叫んだ。

「こんな朝早くから、葬式かよ」

そのとき、私はふと、あの詩の残りの部分を思い出していた。

ゆえに問うなかれ
誰がために鐘は鳴るやと
そは汝がために鳴るなれば

3

その後も、劉東尼が落ち着かない様子でいるのを案じて、高哲生が言った。

「いったい劉さんはどうしたんでしょうね？」

「私もよくわからないんだが」

陳博士は恐る恐るそんなふうに切り出すと、

「瞑想しているところに銅鑼が鳴り出したものだから、おどろいたんじゃないかな。それで苛々しているとか」

私は劉東尼に眼を向けた。もしかすると「朱莉」という名前を見たせいではないだろうか。

私は今まで劉東尼が李多娜親子の死に関係していると確信していた。彼はさらに私の妻と朱莉の死にも関わっているのかもしれない。私の彼に対する疑念はますます強まるばかりだった。

私はこの島にやってきた彼ら全員のことを知っているわけではないが、かりに犯人が劉東尼以外の人物なら、朱莉の死に関係がある誰かなのではないか。

朱莉には夫と息子がいる。そして息子はおそらく高哲生と同じ年齢であろう。

とはいえ、高哲生が朱莉の息子でないことは明らかで、そうでなければ房が彼に気がつかないはずがない。

痺れたような頭では、眼の前にいる彼らすべてが容疑者のように思えてくる。

夕食を終えると空はますます暗くなっていく。彼らが建物に戻ると、すぐに雨が降り出した。

島では見たことのない、初めての雨だった。

「十一月の『柔らかな翼』ね」

吉亞は東側のドアの前に立って、うっとりした顔で目の前の雨を眺めている。

昨日、陳博士が、ナバホ族の神話では十一月の雨は縁起が良いと言っていたと、彼女は言う。

「だったら、もうすぐ何か良いことが起こるかな？」

高哲生が言うと、

「もしかしたら、『待ち人来たる』かもしれませんね」

房が期待を込めて続けた。

とっぷりと日が暮れて、瑪那と房は中央と両脇のドアに鍵をかける。

六時四十分。昨日と同じように、高哲生と陳博士の二人は連れ立ってシャワーを浴びに行った。

高哲生が左のシャワーブースに、陳博士が右のシャワーブースに入るところも昨日と変わりない。

高哲生が朱莉の息子でないことは明らかにもかかわらず、私はその疑惑を拭い去ることができないまま、じっとシャワー室を見張っていた。

それから十五分後に、今度は房が女子浴室に入っていく。

七時になると、高哲生と陳博士の二人がシャワーブースから出てきた。

ここでふと、私は今まで見逃していたある異変に気がついた。

どうして高哲生と陳博士はいつも二人で行動しているのだろう？　特にシャワーを浴びるときは、ブースに入るのも出るのも必ず一緒ではないか。

彼らが出たあと、私はシャワーブースに入ってみる——不審な点がないか一つずつ確認し、最後に窓をあらためた。このとき、三つの窓はいずれも内側から鍵がかかっていた。

私がなんの異状もないと確かめたあと、ようやく劉東尼がタオルと服を手にしてやってきた。彼はまだ上の空のようである。

男子浴室の前まで来ると、彼は左右を見まわした。誰もいないことを確かめたあと、鍵のかかった東側のドアを開けようとする。いったい彼は何をしようとしているのだろう？

そのとき、高哲生が戻ってきて、

「劉さん、どこに行くんです？」

劉東尼はその声に振り返ると、気恥ずかしそうに、

「どこにも行かないさ」

高哲生は微笑むと浴室に入り、左のシャワーブースに置いたままだったタオルを取ってホールに戻って行った。ほどなくして瑪那もやってくる。

瑪那はキャビネットからカンヌキを出すと、両脇のドアにかけた。

「どうして中からも鍵をかける必要があるんだ？」

その様子を見ていた劉東尼がすぐに訊いた。

「いまは全員がホールにいて、誰も脇にある二つのドアに注意を払うことはないだろうから、安全のために鍵をかけておいたほうがいいと高さんが言ったんです。筋は通っていると思いますが」

瑪那が言った。

「じゃあ、もしこの建物の中で何かあったら、俺たちはどうやって逃げればいいんだ？」

劉東尼が怒りを込めた声で言うと、

「安心してください。ホールのドアはカンヌキをかけてあるだけですから、何かあったときにはすぐに逃げ出せるようになっています」

そばから、高哲生がゆったりとした声で言った。

「そうかい」

劉東尼はそう言い捨てると、浴室に入っていく。

彼が後ろ手でドアを閉めると、カチッという音がした。彼がドアノブの鍵をかけたのだろう。

それから十分ほどして吉亞が女子浴室に入っていった。

さらに十五分後。今度は瑪那が浴室に入っていく。その五分後に房が出てきた。

七時四十分に、吉亞が浴室から出てきた。シャワーを浴びた彼女の喉元には、白いシルクのサテンに刺繍された花のようなタトゥーが鮮やかに浮いている。

五分後、瑪那もシャワーを終えて浴室から出てきた。

みんなが浴室から出て、ホールに集まったあとも、劉東尼だけはまだ浴室の中にいた。

私は急に不安になって、浴室のドアに耳をあててみる。確かに水の流れる音が聞こえてきた。

無駄だと思いつつも彼らに気がついてもらいたくて、私は浴室とホールの間をしきりに行き来してみる。

雨が止《や》んだのは八時近くだった。瑪那があたりを見回すと、劉東尼の姿がない。

「劉さん、ちょっと長いですね」

彼女が言った。

「そう言えば昨日もシャワーを浴びるのに時間がかかってましたね」

高哲生がぶっきらぼうにそう応えた。

瑪那は心配そうな顔になって、足早に男子浴室に向かうと、ドアを強くノックした。

「劉さん、劉さん、大丈夫ですか？」

返事はない。

すぐにみんなやってきて、ドアを叩き、口々に大きな声で劉東尼の名前を呼んだ。しかし彼の声は聞こえない。

「離れて！」

高哲生はそう叫ぶと、肩からドアに体当たりを決めた。

浴室のドアを押し開けると、中央のシャワーブースのドアは閉まったままで、水の流れる音だけが聞こえてくる。

高哲生と陳博士が代わる代わるそのドアを叩いた。ドアが破られた瞬間、誰もがその場で凍りついた。

シャワーブースには誰もいなかったのである。

呆然としたまま、高哲生と私は同じように窓を見に行った。

窓には鍵がかかっていた。高哲生は手を伸ばして窓を開こうとしてみたが、動かない。

振り返ると、他の四人がまだシャワーブースのドアの前に立っている。高哲生は素早く身を翻《ひるがえ》すと、隣のシャワーブースへと足早に向かった。

彼が何をしようとしているのか私にはわかっていたので、後をつける。

左右二つのシャワーブースは、いずれの窓も鍵がかかっていた。

これはいったいどうしたことだろう？

劉東尼が浴室に入った瞬間から、私はずっとドアの前に立っていたが、誰も入ってくる者はいなかった。

高哲生はすぐさま浴室から走り出ると、東側のドアを勢いよく開けた。

その瞬間、彼は凍りついたように動かなくなった。

彼の肩越しに向こうを見ると、蓮池のそばに劉東尼が座っている。

いや、よく見ると、彼は地面ではなく、台秤の上に座っていた。

そして――心臓にはナイフが突き立てられている。

雨は止んでいた。高哲生が灯油ランプで死体を照らし出す。しゃがみ込んで大きく息を吐くと、首を横に振った。元看護師の房ですら、何もできずに呆然としている。

あまりの衝撃に、誰もがしばらくの間、口をきくことができなかった。

私はそばに立って、劉東尼の死に顔をまじまじと観察する。

奇妙なことに、台秤の上に座っている劉東尼の手や爪は泥まみれで、体もひどく濡れている。

その様子を高哲生もいぶかしげな眼で眺めている。

彼は沈んだ声になって、

「どうして台秤の上になんか――」

「昨晩、夕食を運ぶときに使って、そのままここに置いておいたのですが、劉さんがどうしてここに座っているのか、私にはさっぱり――」

房はそれだけを言うと、声をあげて泣き出してしまった。

瑪那が近づいてきて、彼女の肩にそっと触れた。吉亞は腕組みをしたまま顔を強ばらせている。

蓮池の前で、高哲生はランプの灯をかざして何かを探しているらしい。

明かりを頼りにあたりを調べてみると、さらに奇妙なことが見つかった。

もとは蓮池を取り囲むように置かれていた水晶柱が、ひどく踏み荒らされている。あるものは池に落ち、あるものはあちこちに散らばっていた。

高哲生は膝を突いて、その中からひとつの水晶柱を拾いあげた。ランプの光に、その鉱物は温《ぬく》もりのある輝きを見せている。

「いったい何があったんだ。どうして蓮池の周りがこんなに踏み荒らされているんだろう」

陳博士がおどろいた声で言うと、高哲生は首を振って、建物のコンクリート壁にランプの明かりを寄せた。

壁に異常はない。

「彼は窓から出たんだろうか」

高哲生は浴室の方を眺めながら独り言のように言った。

「かもしれませんけど……でも、窓には鍵がかかっていたんですよね？」

房が言った。

「ええ」

高哲生は考えながら、

「窓以外から外に出るには、中央のドアか東西二つのドアしかありません。僕と陳博士の二人で、劉さんが浴室に入っていったあとずっと見張っていたんですけど、彼がそこから出て行くのは見ていません。彼が中央のドアから出て行くはずもないし」

「横のドアから出て行くことだってできなかったはずよ。鍵がかかっていたんだもの」

瑪那が口を添えた。

「それは僕も確認しています」

高哲生はそう言うと、さらに続けた。

「ドアが駄目だとすると、劉さんはシャワーブースの窓から出て行ったとしか考えられない」

「彼は外に出たあと、どうやって内側から鍵をかけたの？　それとも彼が外に出たあと、誰かが窓をロックしたとか？」

吉亜が言った。

「もしそうだとしたら、その人物はどうやってシャワーブースのドアと浴室のドアの鍵をかけたのかしら？」

彼らは口々に自分たちの考えを話していたが、私は聞く気になれなかった。なぜなら、劉東尼が浴室にいる間、私はその前でずっと見張っていたのだから。浴室に誰も入ってこなかったことを、私は知っている。

だとすると、劉東尼は中央のシャワーブースの窓から外に出たのだろうか？

もしそうだとしたら、問題は彼が外に出たあと、どうやって窓の内側の鍵をかけることができたのかということになる。

高哲生は、劉東尼の死体を見ながら、

「いったい誰が殺したんだろう」

独り言のように言った。

「僕はホールにいて、カンヌキのかかっていた脇のドアをずっと見張っていたんです。だから、犯人は劉さんと同じように、シャワーブースの窓から外に出たとしか考えられない」

「しかし、劉さんがシャワーを浴びる前に、私たちはホールに戻ってきてたじゃないか」

陳博士が慌てて指摘すると、

「その通りです。だとすると、容疑者は三人の女性に絞られるでしょうね」

高哲生の話を聞いて、私は記憶を頼りに、彼ら全員が浴室を出入りした時間を頭の中で表に起こしてみる。

六時四十分、高哲生と陳博士が一緒に男子浴室に入る。
六時五十五分、房が女子浴室に入る。
七時、高哲生と陳博士が一緒に男子浴室を出る。
七時、続けて劉東尼が男子浴室に入る。
七時十分、吉亞が女子浴室に入る。
七時二十五分、瑪那が女子浴室に入る。
七時三十分、房が女子浴室を出る。
七時四十分、吉亞が女子浴室を出る。
七時四十五分、瑪那が女子浴室を出る。
八時五分、劉東尼が東側のドア付近の蓮池のほとりで死んでいるのを発見。

やはり三人の女性が怪しいように見える。

だが、高哲生の話には納得できないところもあった。

私はずっと男子浴室のドアの前に立っていたので、ホール全体を見渡すことができなかった。かりに高哲生を含む誰かが嘘をついていたとしたらどうだろうか。犯人が建物脇のドアをすり抜けて蓮池に行き、劉東尼を殺した可能性は否定できない。

高哲生の告発に対して、三人の女性たちはそれぞれ違った反応を示した。

房はただただおどろくばかりで、瑪那は騒ぎ立てることもなく静観している。吉亞は高哲生に、反対に質問する。

「犯人が私たちの中の誰かだとして――それでも同じ問題があるんじゃない？　誰かが外に出て彼を殺したとして、じゃあどうやって窓に鍵をかけたわけ？」

吉亞はさらに続けて、

「そもそも窓から入って、というのは駄目ね。浴室に入るドアとシャワーブースのドアもあるわけだし」

確かにその通りだ。

かりに吉亞が犯人だとすると、まずシャワーブースの窓から外に出たあと、蓮池で劉東尼を殺害する。劉東尼が出てきたシャワーブースの窓から再び中に入り、内側から鍵をかける。

シャワーブースの窓はこれでいい。次にどうする？

この浴室に相当の広さがあり、シャワーブースがいくつもあるという話なら、窓から中に入るとすぐにそのうちの一つに忍び込み、内側からドアに鍵をかけて隠れることもできただろう。みんながホールから浴室にやってくるのをやり過ごし、隠れていたブースから素知らぬふりをして彼らと一緒に出ていけばいい。だが、浴室はこの通り狭く、誰かがシャワーブースに隠れていれば一目瞭然である。

しかもシャワーブースのドアの先には、浴室のドアが待ち構えている。

そして浴室のドアの向こうには、私が立っていたのである。

さらに、高哲生が浴室のドアを壊そうとしていたそのとき、彼ら全員がドアの前に集まっていたのを、私はこの眼で確かめている。

もし犯人が浴室から出てくることなく、私からは見えない通路を通って出て行ったとしたらどうだろう？

劉東尼が浴室に入ってからずっと、高哲生と陳博士はホールにいた。あの時の様子を私は思い返してみる。あれから劉東尼が死体となって発見されるまでの一時間五分の間、彼らが一人きりになる機会はなかったはずだ。最低でも三人がホールにいたのだから。確かに劉東尼は不愉快な男ではあったが、全員が結託して彼を殺したとも思えない。

また、犯人が私の眼を盗んでホールを出ていったとしても、鍵のかけられた窓の問題はいっこうに解決しない。

劉東尼が浴室に入る前にあったことといえば、高哲生がシャワーブースにタオルを取りに戻ったことだが――私はあのときの様子をあらためて考えてみる。

シャワーブースにタオルを忘れたというが、ふだんの彼はそれほど不注意な男ではない。

浴室に戻って何かをしていたのではないか？

いや待て。そもそも、いったいなぜ高哲生は劉東尼を殺そうとしたのだろう？

彼が朱莉の息子でないことはわかっている。そこに動機は成立しない。

だが、高哲生でないとすると、いったい誰が劉東尼を殺したのだ？

――そんなことを考えながら、私は足早に男子浴室に戻ると、中央のシャワーブースを覗いて見る。しかしなんの手掛かりも見当たらない。

私は左側のシャワーブースに入り、高哲生がちょうどタオルをかけていたであろう場所を眺めやった。

そのときふいに頭の中に閃くものがあった。

そうか、こんな簡単な仕掛けだったとは――。

だがそれでも解決できない問題が残っている。

私は再び東側のドアから外に出た。すると、「えっ」という声がした。

周りを見まわすと、劉東尼の死体の傍らに陳博士が立って、ランプを台秤の目盛りに近づけている。

「どういうことだ？」

彼は台秤の目盛りを指さしながら、いぶかしそうな声で言った。

私はランプの光に照らされた、台秤の数字を覗き込む。

目盛りは六十九・二キログラムを示していた。

高哲生が陳博士に問いかける。

「この数字のどこがおかしいんです？」

「昨日、体重を測ったとき、劉さんの体重は七十・八キロだった。私ははっきりと覚えてますよ。そうなると、今は千六百グラム減っていることになりませんか」

「なんということもないんじゃないですか。人の体重っていうのは常に微妙に変化するわけですし。人によっては、朝と夜で体重が一キロ違う人だっているんですから」

　高哲生が言うと、

「でも、劉さんは食事にも気を遣っていたみたいですし、そんなことあるでしょうか」

　と房が続けた。

「体の変化ということでいえば」

　と高哲生は切り出すと、

「亡くなるときに大量の血液が失われたとすると、体重が減ることも考えられるんじゃないでしょうか」

「もう一つの可能性があるわ」

　吉亜が突然口を挟んだ。

　みんなが揃って彼女の方を見ると、吉亜は瞬《まばた》きしながら言った。

「この台秤が壊れてるっていうのはどう」

　陳博士は疑わしげな声になって、

「そうかなあ？」

「高さん、あなたはまだ私たちを疑っているんですか？」

瑪那が言った。

彼は何も言わなかったが、溜め息をつくと、

「あなた方を疑っているわけじゃありません。ただ自分が見たことをそのまま話しただけです。でも、今は自分の眼を疑ってますよ。だって、彼が死んでしまうまで、僕は彼が犯人だと思っていたんですから」

高哲生は急に疲れ切った顔になると、不機嫌そうな声でそう言った。

陳博士はそれでも台秤の前から動かず、納得いかない顔でいる。しかしここは高哲生や吉亞の言う通りだろう。台秤に問題があるとしか考えられない。

「だけど、劉さんはどうしてここに座っていたんだろう」

陳博士はふと、自分に言い聞かせるようにそんなことを呟いた。

その通りだ。胸の高鳴りを感じながら、私の頭には様々な疑問が湧いてくる。

劉東尼はなぜ台秤の上で死んでいたのか。彼が自分で腰を下ろしたのか。それとも犯人が死体を載せたのだろうか。だとしたらその理由は？

4

その夜、再び雨が降り出した。

この島で生き残ったのは、瑪那に高哲生、吉亞、陳博士、そして房だけとなった。

全員がホールの片隅に無言で身を寄せている。彼らは眼を大きく見開いたまま、眠ることもでき

ないらしい。

その表情を見ていると、不安や戸惑いがひしひしと伝わってくる。

犯人はすぐそばにいる。だがそれが誰なのかわからない。

一方、私も彼らと同じように、疑惑の渦中にいた。

頭の中では、たくさんの疑問が渦巻いている。

犯人は、李多娜をどうやって殺したのか？

李麥克をどのような方法で殺害したのか？

劉東尼は？

そこでふと、私は抽出しにあった「魔法の装置」のことを思い出した。

前に島中を見て回ったときも、基地局らしきものは見当たらなかったが、見渡す限り障害物となる島が周りにないので、電波はそのままここに届くかもしれない。

そうすれば、誰にも気づかれずに、建物中をＩｏＴに接続することができるのではないか？

コマンド一つでドアをロックすることもできる。

窓に鍵をかけることも可能となる。

かりにそんな設備があったとしたら、この島における疑問のすべてに答えることができるかもしれない。

だが、そんなことが本当に可能だろうか。

やはりこの島には電波も届かず、ネットも使えないというのは本当なのだろうか？

考えがまとまらないまま、私は声を限りに叫び出したい気持ちにとらわれていた。

ふと見ると、瑪那がいつものように結跏趺坐を組んで座っている。

彼女はまるで大樹のように穏やかだった。

そんな彼女を見ていると、私はだんだんと落ち着きを取り戻していった。

私も彼女を真似て胡座を組むと、外の雨音を聞くことに集中する。

雨はますます強くなるばかりで、私の意識は、雨音と雑念の間を交々《こもごも》に行き来する。

ときには意識が無意識に勝り、息を呑むほどに激しい雨音が耳を打った。

またあるときには、無意識が意識を捉えて、思考は迷走し始める。

次第に雨の音は霞んでいき、背景に退いていく。

雨音を遠くに聞きながら、私は妻と息子と一緒に旅した島に帰ってきたような心地に浸っていた。

あの夜も、こんな大雨だった。

トタン板を引き裂くほどの激しい雨の音を聞きながら、私と息子は頭から毛布をかぶって夜を明かした。

その翌朝、玻莉《ポリー》という娘が訪ねてきた。彼女は笑って、菲菲《フェイフェイ》と露露《ルル》が仲良しになったと息子に伝えた。


——どうしてかな？

——大雨が降ったからよ。

玻莉が笑顔でそう答えた。

——雨がすべてを洗い流してくれたの。菲菲と露露の諍《いさか》いもそう。それでいまは仲良しなの。

私はふいに立ち上がる。

その刹那、激しい雨の音が耳を襲った。

5

ようやく外が明るんできて、私が考えるのをやめると、瑪那の涼やかな声が聞こえてきた。

Make an island of yourself　この世で自らを島とし
Make yourself your refuge　自らを拠り所として
There is no other refuge　他人をたよりとせず
Make truth your island　法を島とし
Make truth your refuge　法を拠り所として
There is no other refuge　他を拠り所としてはならない

そのとき、ホールの窓から光が射し込み、外から大きなプロペラ音が聞こえてきた。

全員がすぐさま立ち上がり、瑪那が勢いよくドアを押し開ける。

みんなが彼女の後を追う。見上げると、ヘリコプターの機影がはっきりと見えた。それはゆっくりと着陸する。

プロペラが轟音《ごうおん》をたてて回転し、吹き上げる風に彼らは一様に眼を細めた。

「来た。ついに来たぞ！」

陳博士が涙を浮かべて喜んでいる。

ヘリが無事に停止すると、中年の、浅黒い肌をした男性二人が機内から下りてくる。

瑪那はすぐさま彼らに駆け寄った。彼らは私が理解できない言葉で話している。

彼女は二人を連れて、建物の中に入っていく。

瑪那が発見された場所に置かれたままになっている三人の遺体を見せると、二人は厳しい顔つきになった。

彼らがヘリに戻ると、瑪那がみんなに告げる。

「主催者はすでに警察に通報していて、もうすぐ警官たちが到着するそうです」

「どうして今まで来てくれなかったんでしょう？」

高哲生の質問に、瑪那は言いよどんだが、ようやく口を開くと、

「毎日、主催者には私から定時に連絡が入っていたそうです」

「それはいったいどういうことですか？」

「私にもよくわかりません」

瑪那はそれだけを言うと、遠くに眼をやった。

あとはあっという間だった。警察が到着したのはそれからすぐのことで、彼らは浅黒い肌をした、見たことのない制服を着た男たちだった。

まるで映画の早送りのように次々と人がやってきて、彼らを質問攻めにすると、しきりに建物の周りを行き来している。

それから数時間後には、誰もが疲れきった顔でぐったりしていた。

浅黒い男の一人が、瑪那に話しかけている。彼が立ち去ると、彼女は彼らの方を振り返って、

「チャブさんの話ですと、もうすぐ迎えの船がやってきます。本土の警察署まで私たちを連れて行ってくれるそうです」

「ついにこの島から出られるのね」

吉亞が弾んだ声で言った。

私はというと、まだ解明されないままの疑問の数々が頭をよぎり、ぼんやりとその一部始終を眺めていた。

彼らは荷物を持ち出さないように言い渡され、一つひとつが検査される。

みんなでホールに腰を下ろし、船が来るのを待った。

そのとき、ふと陳博士がいないことに私は気がついた。

南側の入り口のドアを抜けて外に出ても、彼の姿は見当たらない。建物の周りを反時計回りに歩き、東側のドアを通り過ぎると、彼がひとりでぼんやりと立っているのが眼に入った。

劉東尼の遺体は死体袋に入れられて、つい先ほど運び出されたばかりだった。そこには台秤だけが置かれている。

陳博士は、呆然とした顔で台秤の表示をじっと見つめながら、

「魂に重さがあるのか？」

と呟いた。

彼はまだ、劉東尼の体重が千六百グラム減っていたことにこだわっているのだろう。

そこに瑪那がやってきた。

「陳博士、船が埠頭に着きました。行きましょう」

陳博士はその声にふと顔をあげると彼女を見て、

「ちょっとトイレに」

そう言うと立ち上がった。トイレのある方向は明らかに奥なのに、彼が右に行こうとしたので、瑪那に激しくぶつかってしまった。彼女はそのまま崩れるように台秤の台座に倒れ込んでしまった。

「あっ」

陳博士が思わず声をあげ、謝ろうとすると、瑪那はすぐに台座から立ち上がった。

だがそのとき、私には台秤の目盛りの数字がはっきりと見えたのである。

54・20
その瞬間、胸の動悸はにわかに高まり、私はその場に固まってしまった。

昨日の彼女の体重が五十二・六キログラムだったことは、はっきりと覚えている。

今度は体重が千六百グラム増えているのだ。

それ以上でもそれ以下でもない。それはまさに劉東尼の死体から減った重量そのものだった。

瑪那が台秤から下りようとするのを、陳博士が駆け寄って支えた。彼は瑪那の体重の変化にまったく気づいていないらしい。

「大丈夫です」

瑪那がそう言って微笑むと、陳博士も彼女の後を追って建物の中に戻っていく。

私はうつろな眼をあげて、彼女たちの後をついていった。

中ではみんなが荷物をまとめている。

だがその映像は私の眼の前を空しく過ぎていくばかりで、先ほどの数字が瞼の裏に灼きついたままでいる。

劉東尼の死後に減った体重が、台秤の誤差によるものだとしたら、どうして瑪那の体重がその分増えたのだろう？

その重量はちょうど千六百グラムだったのである。

——死後、人は自然の粒子となり、万物と一体化する。

という瑪那の言葉を私は思い出していた。

同時に、陳博士が「魂に重さがあるのか？」と独り言のように呟いていたことを思い出す。

この世に、魂の乗り換えなどあるはずがない。それなら、なぜ劉東尼の減った分の重量が瑪那に移動したのだろう。

——必要とされるときに、過去は、意識的に私たちのために使われるべきなのです。

ふいに瑪那の言葉が脳裡に浮かんだ。うつろな眼でホールを眺めていると、突然、私にしか見えない光が現れた。

光は壁の隅を照らして徐々に拡がりを見せていき、その箇所だけがはっきりと見て取れる。

私の頭の中を過去の情景が掠めて走り、必要とされる画像データが抽出されていく。

水晶柱。ドアを開ける。蓮池。扁平の水晶柱。蜜棗。

今まで見えていなかった様々な事象が、はっきりと形をとって眼の前に現れた。

珈琲。思いもよらぬこと。

彼らはすでに荷物をまとめ終わり、ゆっくりとドアに向かって歩き出す。

高哲生が、房の荷物を取ろうと手を伸ばした。

「手伝いましょうか」

「高さん、この数日間お世話になりました。あなたを見ると、いとこの息子のことを思い出すわ」

「ここを出たら彼に会ってみたいものですね」

「もちろんです。瑪那先生がおっしゃってましたよね。時間とは私たちの生命であると」

房は感慨深げにそんなことを言うと、続けて、

「私が彼に会ったときはまだ二歳だったんですよ」

私は頭の中に爆弾を投下されたようなおどろきに声も出なかった。

房の話によると、いとこの息子はいま二十五歳で、高哲生と同い歳に見えるという。

彼は二歳のときに北欧に、高哲生は二歳のときにスウェーデンに移住している。

私は全身を震わせるほどの激しい衝撃に襲われていた。

いま、すべての些細な事柄は巨大なネットワークに繋がったのである。

光はますます大きくなっていく。眩いばかりの光は今やホールの三分の二ほどを照らし、みるみるうちに幻を溶かし出すと、その下に隠れていた現実が氷山のようにゆっくりと浮上してくる。

私はそれをまじまじと見つめた。

燃やされた米ドル紙幣の札束。ドアを開ける。抽出しの中にあった魔法の装置。吉亞の笑顔。

妻の体内で誤って生成されたタンパク質。

それらが私の眼の前にスローモーションの映像のように流れ出す。まるで自己形成されるタンパク質のように、一本の直線から三次元的な立方体へと姿を変えていく。

しかし、そこには、まだ最後のピースが残されていた。

みんなが荷物を手にしてドアを出て行く。

私は彼らの背中を畏敬の念を持って眺めていた。

瑪那がふと、足を止めた。

「ちょっと待っていてくれませんか？」

「何か？」

「この島に最後の鐘を鳴らして、魂となった人たちを供養したいと思うんです」

瑪那はそう言い残すと、誰の言葉も待たずに銅鑼の方へと歩き出す。

「付き合いましょう」

高哲生は荷物を足元に置くと、彼女の後を追った。

私も彼らの後を追いかけて、銅鑼の吊るされた方に走り出す。

瑪那は厳かな表情になって、桴を手に取ると、銅鑼に向かって最初の一撃を加えた。

ゴゥン……

銅鑼の余韻は、引き潮のように四方へと拡がっていく。

力強い響きは徐々に弱くなり、それはさらに幽《かす》かなものとなり、ゆっくりと消えていった。

再び瑪那が桴を振り上げ、打ち鳴らした。世界のどこかでまた音が生まれる。

生まれて、消える。生まれては、また消える。

私は彼女の背中をぼんやりと眺めていたが、四打目の音が鳴り響いたそのとき、ふと我に返って建物の方へと走り出した。

そのまま一息に李多娜の部屋まで階段を駆け上がる。
彼女の部屋に入ったところで、七打目の銅鑼が鳴った。
私は眼を見開くと、床を見た。
その瞬間、私の眼の前で魔法が発動した。
それはさながら眩い太陽の光を浴びて咲く、五つの花弁を持つ小さな花のようだった。

*

――もしあなたにはっきりとしたビジョンがあれば、このホールを抜けて、幻想から真相に至ることができるのです。
私はどことも知れない場所にぼんやりと立ち尽くしていた。天地は混ざりあい、私は宇宙と一体化した心地に浸りながら、かつて家にあった鹿角の掛時計を思い出していた。

鹿の角に掛けられた時計が止まっている
人生はチャンスだ
それも一度だけ
誰かが時を正すと
誰かが急に老いてしまう

また涙がこぼれそうになる。

気を取り直して窓の外に眼をやると、そこにはもう瑪那と高哲生の姿はなかった。

私は踵を返すと階段を駆け下り、埠頭に向かって走り出す。

みんなが船に乗り込むのが遠くに見えた。

走りながら、私は声を限りに叫んでいた。

「おおい……」

私の呼びかけに振り返る者は誰もいない。

エンジン音が鳴り響く。

私はようやく桟橋に辿り着いた。

船は、紺碧の海に白く浮き立つ波を残して走り出す。

やがて船は水平線の彼方に消えてしまった。

瑪那は「呼吸は、身体と自分自身とを繋ぎ止めている糸のようなものであり、これを引き上げてしまえば、あなたは肉体から離れてしまう」と話していた。

「私は君を知っている。そうだろう？」

君は。

周末來《ムーライ》。

私の子どもだ。

私はなんて賢いんだろう。

ＤはＳＮＳで自分の分身を作り出し、自らの居場所や今後の行動予定などの個人情報を投稿していたのである。

自分の居場所や行動予定など、そこに投稿した情報のすべては嘘だった。

案の定、殺人者と思しき人物は見事にその嘘を信じ込み、それ以上後を追ってくる気配はない。

Ｄが誇らしげな表情を浮かべると、ブレスレットからビープ音が鳴り出した。

受信したデータは、恋人のＥの部屋に設置されているスマート体重計のデータだった。

彼女はまた体重を測っていたのだろう。半日で体重が急に減ることはないと言ったのに――口許に微笑を浮かべてそんなことを考えていた彼は、ふと数値を見て顔を強ばらせた。

「違う」

眼の前のディスプレイを見つめていると、Ｄの背中に鳥肌が立った。

77・8kg
いや、Ｅの体重は51kgだったはずだ。

ありえない。彼はすべてを打ち明けていた。そしてＥには絶対にドアを開けて人を入れないようにと言いつけておいたのに……。

部屋には誰がいるのだろうか？

Ｄはしばらく呆然としていたが、我に返ると後ろを振り返った。

周云生『データコクーン』

第五章

明るさを増した瞑想ホールに、まったく同じ顔をした二人の男が、鏡に相対するように結跏趺坐を組んで座っている。

そのいずれも私であり、ミステリ作家の周云生《ジョウユンション》だった。いまの私たちは、瞑想のプロセスに立ち現れる観察者と被観察者のような関係といえよう。一人は心を操られるまま、事件の幻を彷徨《さまよ》う者であり、もう一人は思考から解放され、事件の真相を知る者である。

まさに今このとき、事件の真相を辿る推理が始まろうとしていた。

「準備はいいかい？」

被観察者はそう切り出すと、

「君はすでに三つの殺人事件の犯人と動機、さらにこの島に関する不可解な謎についても解き明かしたというんだね？」

「その通りだ」

観察者が答えた。

「私にはすべてお見通しさ」

「では、最初の殺人事件から始めようか」

「その前に事件の詳細について確かめておきたい」

「いいだろう。まず最初の事件だ。被害者の李多娜《リーターナー》は、島に到着した翌日の午前七時に、自室で心臓にナイフを突き立てて死んでいるのが発見された。ドアノブのロックは施錠され、内側のカンヌキもかけてあるという念の入れようで、窓のクレセント錠もしっかりかかっていた。また、女性棟に通じる地階の階段のドアは、六時半に瑪那《マナ》が開けるまで施錠されていたのだから、つまり、六時半までは、棟全体が密室になっていたということになる。私はそれを自分の眼で確かめているから間違いない」

観察者はうなずいた。

「その通りだね」

「階段のドアが開かれたのは六時三十分だが、李多娜の死後硬直の状態からして、六時三十分から七時の間に殺されたとは考えにくい。したがって、この間に犯行が行われた可能性は基本的に否定される。また、女性棟のドアが施錠されていたことから、犯人が男性である可能性も排除されるだろう。となると、一番の容疑者は、女性棟にいたはずの吉亜《ジア》ということになるわけだが――しかし、意外な事実が明らかになった。事件の前夜、彼女は施錠される前に男性棟へ忍び込み、そこで一晩を過ごしたという。吉亜の証言は陳《チエン》博士によって裏が取れた。彼は第三フロアから降りてくる彼女と、第二フロアの階段のところでばったり出くわしている。

その後、劉東尼《リュートニー》もその夜に彼女と二人でいたことを認めた。ここまではいいだろうか？」

「わかりやすいね」

観察者が言った。

「ありがとう」

被観察者はどこか誇らしげに言うと、さらに続けた。

「以上のことから、李多娜が亡くなったとき、女性棟には他に誰もいなかったということになる。密室だったので、自殺としか考えられない。しかしそれでもいくつかの点に疑問はある。

まず第一に、吉亜の反応だ。彼女は劉東尼と一晩を過ごしたことを認めていない。二人は誰のために嘘をついているのか。またどんな動機があってそんな嘘をついたのか。

第二に、李多娜は生前、劉東尼と決別し、事件の夜に劉東尼は『君から借りたものは、そのままのかたちで返すから』と彼女に言った。

第三に、李多娜の死後、荷物を調べたいという高哲生《ガオジョーション》の提案を、劉東尼は頑《かたく》なに受け入れなかった。さらに、中身不明のバッグを、彼は陳博士に預けている。『秘密をばらされたくなかったら、俺の言う通りにすることだ』と彼を脅してだ。

第四に、陳博士はなぜ劉東尼の言葉に素直に従ったのか。そしてバッグの中身はいったいなんだったんだろう？」

「君はどう考えているんだい？」

観察者は微笑した。

「吉亜は劉東尼とあの晩一緒にいたことを認めていないし、男性棟に泊まったという彼女の証言はいかにも唐突だったと思う。そこから考えると、吉亜は男性棟には行っていなかったんじゃないだろうか。李多娜を殺したのは彼女で、陳博士はその共犯者だった。彼は彼女に階段のところで出くわしたと嘘をつき、劉東尼は彼らの嘘に加担した。その目的は、『秘密をばらされたくなかったら、俺の言う通りにすることだ』と脅すことだったんだろう。陳博士がその後で劉東尼の指示に従ったのもそのためだ」

被観察者は考え考えしながらそこまで話すと、さらに続けて、

「そこで着目するべきは、陳博士が嘘をつくと首に赤い発疹が浮き上がることが、そののち判明したことだろう。その事実を合わせて考えると、吉亞が男性棟の第三フロアから下りてくるのを眼にしたという彼の証言は、疑いのない事実だといえる。そこで、私は再び劉東尼に注目した。よくよく考えてみれば、彼はこの中でも最も動機のある、疑わしい人物だ。だが、階段のドアには鍵がかかっていて、窓から忍び込んだのでもないとすれば、いったいどうやって彼は李多娜の部屋に入ることができたのだろう？　部屋に抜け穴のようなものがあったとでも？　あるいは、李多娜は自殺だったのか？　さあ、そろそろ答えを教えてくれてもいいんじゃないか？」

「じゃあ、君にヒントを与えようか。『オートナビゲーション』と『水晶柱』だ。この二つの言葉から君は何をイメージする？」

「オートナビゲーションだって？」

被観察者は唐突な言葉に、戸惑った顔になって、

「思い浮かぶのは、私が島に到着した最初の夜、劉東尼が蓮池で李多娜と話したとき、彼女の後輩を『オートナビさん』と呼んでいたことだろうか。水晶柱だったらいろいろある——蓮池の周りに鏤《ちりば》められた水晶柱がまず挙げられるだろう。劉東尼は水晶柱に興味を持っていて、建物の数か所に落ちていた水晶柱は、彼が落としたものらしい。さらにそのうちの二つは陳博士が見つけたものだった。最後は、陳博士がその水晶柱を拾って吉亞に手渡し、彼女はそれを蓮池に捨てた」

「君はすでに決定的な手掛かりを見つけているじゃないか」

「なんだって？」

被観察者は思わず声を上げた。

「いったい何を見つけたっていうんだい？」

「瑪那の話を覚えているだろう。テクノロジーに依存しすぎると脳の構造が変わると言っていたじゃないか。例えば、車の運転でオートナビゲーションを利用していると、脳の海馬や前頭前野の活動が衰え、空間記憶力が低下する。電波もネットもないこの島に、方向音痴の人がやってきたとしたらどうなるだろうか。テクノロジーの恩恵が受けられない状況下では、いま自分がいる場所も、東西南北の方向もわからなくなる」

被観察者はにわかに眼を大きく見開いた。

「そうなると、道順を覚えるためには、何か別のものが必要になる。さて、何を使ったと思う？」

「……水晶柱か！」

被観察者が叫んだ。

「その通り。その人物は、童話の『お菓子の家』に出てくる迷子の子どものように賢かったんだろうね。パンくずの代わりに水晶柱を使ったのさ」

「ちょっと待ってくれ。水晶柱は劉東尼が置いたはずじゃないか。君は別の人物のことを言っているのかい？」

「劉東尼以外にもう一人、水晶柱に関わっている人物がいたじゃないか」

「陳博士かい？」

観察者はうなずいた。

「その通り。水晶柱は陳博士がそこに置いたのさ。気づかなかったのかい？　彼がこの島にやってきた当初の様子を思い出してみるといい。彼はダイニングに向かって歩いていたが、男子浴室の前でふと立ち止まったじゃないか。彼は『男子浴室』と書かれたプレートを見て、『男子浴室─ドア─ダイニング』『男子浴室─男性棟の階段』という道順を記憶したんだ。みんなと一緒にいるときだって、彼は決して自分から先頭に立つことはなく、他の人の後ろについていったじゃないか。例えばシャワーを浴びるときでさえ、高哲生と連れ立って行動していたことは覚えているだろう。彼は常に誰かと行動をともにすることを選んでいた。高哲生が自分を先導してくれることを期待していたのさ」

「そういうことだったのか……だが、それと事件がいったいどう関係しているというんだい？」

「犯人は、彼のこうした弱点を突いて、空間をねじ曲げてみせたんだ」

「わかった！　犯人は吉亞か」

被観察者は思わず膝を打つと、さらに言いつのった。

「彼女は最初から最後まで女性棟にいたんじゃないか?!　陳博士は、彼女が男性棟の第三フロアから下りてくるのを見たと言っていたが、あのとき、嘘をつくと浮き出すはずの赤い発疹が陳博士の首筋には見られなかった。彼は自分が男性棟にいると勘違いしていたんだ。実際は女性棟にいたということか！」

「その通り」

観察者は口許に笑みを浮かべてうなずいた。

「だが、ちょっと待ってくれ。さっき彼は男子浴室のプレートを見たと言ってなかったかい？　じゃあ、どうして彼は女性棟の方に行ってしまったんだろう？　ああ、わかったぞ。二つのプレートは簡単に取り外せるようになっていたから、機会を窺って入れ替えればいいだけだ」

「そう。一日目の夜のことを思い出してほしい。高哲生の話だと、ホールで瑪那を待つためにやって来た陳博士が棟に戻った最後の人物だった。彼がホールに行った隙に、吉亞は地階に下りて二つのプレートを入れ替え、陳博士の荷物を移動させたのさ。その夜、陳博士が泊まったのは、吉亞の部屋のある女性棟の第二フロアだったんだ。そして吉亞は密かに第三フロアに移動していた」

「いや、部屋を入れ替えたとしても、部屋の鍵を取り替えることはできないんじゃないか？　吉亞はいったいどうやって二つの部屋の鍵を二度、取り替えたんだろう？」

「鍵を取り替える必要はなかったのさ」

　観察者は笑うと、さらに言った。

「忘れたのかい。陳博士が高哲生に話していたじゃないか。彼の部屋の鍵は壊れていて、施錠することはできなかったと。吉亞がわざと壊したんだろうが、あとでもう一つの部屋の鍵も壊しておけばいいだけだ」

「君の言う通りだとしても、かなりリスクが高いんじゃないか。陳博士がトイレに行くとき、誰かとばったり出くわしたらどうするつもりだったんだろう？」

「瑪那と房は第一フロアに泊まっていて、第二フロアには陳博士が一人だけだった。男性棟と女性棟のレイアウトが全く同じつくりになっていることにも注意してくれ。トイレも同じだ。小便器はなく、大便器があるだけだし、トイレは各フロアに男女一つずつしかない。だから陳博士がトイレへ行くために部屋を出たとしても、そこが女性棟だと見破られることはなかったのさ」

「それでも彼が下に降りていってしまったら？」

「陳博士は、自分が方向音痴だということを、他人にはひた隠しにしていたんだ。建物の中でも迷わないように気をつけていたはずで、わざわざ部屋を出てあたりをうろつくとは考えにくい。その後の彼の動きを見ると、島ではかなり慎重に行動していたじゃないか。ダイニングに行く以外は、常に誰かと一緒だった。一人で建物の外に出ることもなかった」

　被観察者は思わずうなると、

「とはいえ、部屋にはその人の体臭が残るはずじゃないか。陳博士は、部屋の匂いが違うことに気がつかなかったんだろうか？」

「デジタルデトックスのコース規定にあったじゃないか。島内で香水やフレグランスの使用を禁止するとね。主催者側が無臭の洗剤を用意するというのも、表向きは部屋を清潔に保つためというのが理由だが、実際は参加者の体臭を同じものにすることが目的だったのさ。大雨が降ると子犬たちが同じ匂いになって、相手を受け入れてしまうように、みんなの体臭が同じになってしまうと、部屋の匂いで判別することはできなくなる。陳博士がそうだったようにね」

「だけど、次の日の朝は地階に降りて行かなければいけないはずだ。階段でばったり他人と出くわす可能性だってあるんじゃないか？」

「女性棟に泊まっていた瑪那と房《ファン》は、朝四時には部屋を出て行くから、彼女たちと顔を合わせることはない。そのうえ吉亞は、陳博士が劉東尼と会わないように、一種の保険をかけていたのさ。君は覚えているだろ。陳博士と吉亞はあの日、ダイニングに遅れてやってきた。陳博士はあのあと、前の日の夜はよく眠れなかったので遅刻してしまったと言い訳をしていたが、おそらく睡眠剤を飲まされたのだろう。そうして階段を降りてくる時間を遅らせて、陳博士が他人と会わないようにしたのさ」

「それでも、二人が階段でばったり出くわすなんて――」

「簡単なことさ。陳博士のドアを強く叩いて、彼を驚かせればいい。彼が第二フロアの部屋を出るのに聞き耳をたてておいて、彼が階段を降りてきたところで、いかにもばったり出くわしたように偶然を装えばいい」

「陳博士の荷物が男性棟に戻されたのはいつなんだろう？」

「あの日の朝食のときさ。吉亞は陳博士より少し遅れてダイニングにやってきた。その時間を利用して荷物を移動させたんだろう」

被観察者は、何か物思いに耽るように黙りこんだ。

「吉亞が犯人だとわかってしまえば、彼女が劉東尼と一夜を共にしたことを否定しなかったのも理解できる。だが、ここで別の疑問が生じる。陳博士が吉亞の共犯でないなら、劉東尼に『秘密をばらされたくなかったら、俺の言う通りにすることだ』と脅されて、それに屈する必要はなかったはずだ。吉亞の共犯者ではないのに、どうして彼は劉東尼の指示通りに動いたんだろう？」

観察者は微笑むと、

「劉東尼の言う秘密は、陳博士にとっての秘密じゃなかったのさ。陳博士は劉東尼が自分の正体を知っていると勘違いしていたんだ」

「陳博士の正体とは？」

「李多娜の元後輩の『オートナビさん』さ」

「なんだって！」

　被観察者はおどろいて、

「そんなことはありえないだろう」

「なぜありえないと思うんだい？　陳博士が病的な方向音痴だということは説明しただろう。彼はオートナビゲーションに頼りきりだったから、川に誘導されて転落事故を起こしてしまい、李多娜との仲を劉東尼に知られてしまったんだ。劉東尼に秘密をばらすと脅された彼は、あの時の『オートナビさん』が自分だとばれていると思って、昔の秘密を公表されると恐れたんだろう」

「でもおかしいじゃないか。劉東尼が李多娜の浮気相手は彼女の後輩だと言っていたが、陳博士は彼女よりずっと年上に見える……。もしかしたら、彼は整形手術を受けたのか？」

「その通り」

　被観察者は戸惑った顔で、

「それについて、何か証拠でもあるのかい」

「もちろんさ。これはデリケートなことだから、まだ君には話せないが」

　観察者はそこで言葉を切ると、さらに言った。

「心配しなくてもいい。最後には必ず、彼が整形した証拠を示してあげよう」

「わかった。もう一つ、質問をしてもいいだろうか――劉東尼が陳博士に渡したバッグにはいったい何が入っていたんだろう」

「あのバッグは事件に大きく関係しているんでね。それについては後で答えることにしよう」

　被観察者は眉を顰めると、

「それと、彼らが島に到着した日の夜、高哲生が、瑪那が話があるからと陳博士をホールに行かせている間に、吉亞は荷物を移動させたということだったね。だとすると高哲生は共犯者だったんだろうか？」

「この事件には確かに共犯者がいる。だが、それが誰なのかを、いま明かすことはできない。この人物の正体についてはちょっとデリケートな問題があってね」

「デリケート？　いったい何がデリケートなんだ？　いや、そのことはもういい」

被観察者は落ち着きを失ったように、

「吉亞が部屋をすり替えたことはわかった。だったらそろそろ彼女がどうやってあの部屋を密室にしたのか説明してくれてもいいんじゃないか。そして、彼女が李多娜を殺害した動機はなんだったのか」

「すまないが、それには事情があってね。いまは密室の仕掛けについて話すことはできない」

観察者はまるで煙《けむ》に巻くように、そんなことを言った。

「君は本当に密室のトリックを解いたのかい？　それともただ私をからかっているだけなのか？」

「もちろん真相についてはすべてお見通しさ」

観察者は落ち着き払った声でそう請け合うと、

「では次に第二の殺人について、整理してもらえないか」

被観察者はしばらく口を噤んで考えていたが、溜め息をつくとようやく口を開いた。

「わかった。二つ目の事件は、李多娜が死体で発見された日の正午近くに、彼女の息子の李麥克《マイク》が、自室で死体となって発見されたというものだ。死体が発見されたとき、部屋のドアノブの鍵は施錠されていて、カンヌキもかかっていた。さらに窓のクレセント錠もロックされていた。李多娜の事件と異なるのは、ドアが壊される直前まで彼がまだ生きていたということだが――」

「もう少し具体的に説明してくれるかい？」

「わかった。事件発生前、高哲生と陳博士は銅鑼の音が聞こえたので部屋を出て、連れ立って第二フロアから第一フロアに降りてきた。高哲生が李麥克の助けを求める声を聞きつけて、彼が泊まっていた部屋まで駆けつけると、そこでちょうど銅鑼の音が止んだ。そのとき、二人はカンヌキが内側からかけられる音をはっきり聞いている。なんとかしてドアを破ると、李麥克はすでに死んでいた。死因は鏡の破片で手首の動脈を切ったことによる失血死で、現場の状態から、この二人が嘘をついているのではと疑うかもしれないが、それはない。私はその場所にいたのだから、彼らが真実を語っていることははっきりしている」

「いいね」

観察者は言った。

「この殺人事件の最も不可解な点は、高哲生と陳博士が、部屋の中から李麥克の『助けて』『ドアを開けて』という声をはっきりと聞いていたことだ。同時に、彼らはドアのそばにいて、カンヌキがかけられる音も聞いている。私は当初、李麥克が大量出血によって意識が朦朧《もうろう》としているためかと思ったんだが、現場ではさらに奇妙なことが判明した。彼が横たわっていた床からドアのところまでは血痕が続いていたが、ドアノブやカンヌキにはまったく血が付着していなかったんだ。つまり、彼が鍵をかけたのであれば、いったいどうやったのだろう？　もう一つの疑問は、普通なら助けを求めようとすれば『助けて』とだけ叫ぶはずが、李麥克は『助けて』と同時に『ドアを開けて』と言っていた――このことから高哲生は次のように推理した。

李麥克の叫び声を聞いたとき、犯人はドアを塞いで鍵をかけようとしていたので、李麥克は慌てて『ドアを開けて』と叫んだ。そして高哲生たちがドアの前に到着したとき、犯人はカンヌキをかけた。彼らが聞いたのはその音だ」

観察者が鷹揚《おうよう》にうなずくと、被観察者はさらに続けた。

「問題は、全員にアリバイがあることだ。そのとき、私も君も、そして高哲生も、部屋の窓から瑪那が銅鑼のところに立っているのを見たはずだ。彼女のそばには吉亞と房もいた。ついさっき、吉亞が李多娜を殺害した犯人だと話したが、この事件では明らかに吉亞は犯人ではない。劉東尼も高哲生と陳博士がドアを開けたすぐ後にやってきたのだから、疑いようがない」

被観察者は溜め息をつくと、

「だからこの事件も自殺だと考えたんだが」

「君は自殺だと思わないのかい？」

「あのときは、自殺だとしたら疑わしい点がいくつもあるとは思ったさ。そして疑問点のすべては、劉東尼が犯人であることを指し示しているように思えた」

被観察者はそこで言葉を切ると、さらに言った。

「彼にはアリバイがあった。それでも彼の犯行前の行動には、怪しい点がいくつもある。李麥克が亡くなる四十分前のことだ。李麥克が駄々をこね、それを高哲生と瑪那が宥めすかしているところへ、劉東尼が通りかかり、彼の耳許に何事かを囁くと、李麥克は嘘のようにおとなしくなった――このとき、劉東尼が李麥克に話したことは、私と君しか聞いていない」

観察者はうなずいた。

「そう。彼は『おとなしくしてれば、あとでネットに繋げて、好きなガジェットを使えるようにしてやるから』と口にしたんだったね」

「そうだ。彼はなんでそんなことを言ったんだろう。劉東尼はその後、自室に戻り、少なくとも二十分は出てこなかった。それから、陳博士と話をした後、また部屋に戻った。彼は部屋に引きこもって、いったい何をしていたんだろう？」

被観察者は疑わしげな声になって話を続けた。

「李麥克が死体で発見されたあと、劉東尼は自らそれを三人の女性に知らせに行き、そのあと現場に戻ってこなかった。それからしばらくして房が、蓮池の前にしゃがみ込み水晶柱を手に持つ彼を見つけている。そのとき彼は彼女に、水晶にはふしぎな力があると話した。これはいったいどういう意味なんだろう？　先ほど君は話していただろう。水晶柱は陳博士にとってのパンくずで、劉東尼とはなんの関係もないと。だったら彼が水晶柱に興味を示していた理由はいったいなんなのか？」

観察者はその問いには答えないまま、

「この事件に対する君の考え方を、是非とも聞かせてもらいたいな」

「正直なところ、最初は部屋の中に秘密の通路があるのかと思ったんだ。そうでなければ、李麥克を殺害して、部屋から跡形もなく消え失せるなんてことができるわけがない。ベッドの下にでも秘密の通路があるのでは、と思ったんだが——そのとき、高哲生がベッドの下の抽出しを開けているのを目撃した。だが、中には何も不審なものは見当たらなかった。そうだったね？」

「そう、そこには秘密の通路などなく、ただの抽出しに過ぎなかったことはこの眼で確認している」

「その後、少し考えを変えてみることにしたんだ。とはいえ、はっきりとした手掛かりなどあるはずもない。単なる思いつきに過ぎないのだけど……」

被観察者がためらいがちに言うと、

「その話を聞かせてくれないかな」

「事件の謎はすべて、劉東尼が持っていたバッグと関係があると思うんだ」

被観察者はそう言うと、

「まず、島内で発信される電波はなんらかの方法で隠されていて、この建物は３Ｄプリントされたシンプルなコンクリートハウスのように見えるが、実はスマートハウスなんだ。あのバッグの中にはスマートアシスタントのようなデバイスが隠されていて、電波を発信して建物全体にコマンドを発行することができるようになっている。もしそうなら、密室の謎も解くことができるだろ。これなら、あのバッグの中身を見て、高哲生が妙な顔をしたのにも説明がつくんじゃないか。

また李麦克がドアのそばで助けを呼んだにもかかわらず、ドアが自動的にロックされた理由も説明できる。ベッドの横にあった姿見は、実はスマートミラーで、スマートデバイスを起動した劉東尼は、鏡を通して李麦克と話をし、母親が亡くなったことを彼に話したんだ。そうやって李麦克を精神的に追い込み、鏡を壊して自殺するようにけしかけたというわけさ。その後、スマートデバイスにコマンドを発行して、ドアをロックすれば密室が完成する——この方法で李麦克を自殺に見せかけて殺害した」

「なかなか面白い発想だね」

観察者は言った。

「馬鹿げた考えだと思うかい？」

「もしその通りだとすると、スマートデバイスによってロックを操作できるので、吉亞と劉東尼は共犯ということになるね」

「吉亞には共犯者がいると君は言っていただろ？」

被観察者がそう訊くと、観察者は、

「その考えだと、やはり劉東尼は吉亞の共犯ということになるのかな？」

「吉亞は共犯じゃないと君は言いたいのかい？」

被観察者がいぶかしげに訊いた。

「もし共犯だとすると、劉東尼が吉亞と同じ部屋にいたと証言したことで、二人の関係が明らかになってしまったことになる」

観察者はさらに言った。

「それに、もしバッグの中身がスマートデバイスだったら、彼はなぜそのバッグを陳博士に手渡したんだろう。忘れないでくれよ。カンヌキがかけられる音を聞いたとき、すでにそのバッグは劉東尼から陳博士の手に渡っていたんだ。彼はどうやってドアのロックを操作するつもりだったんだろう？」

観察者の鋭い指摘に、被観察者は思わずうなると、

「だったら陳博士に渡したバッグの中身は、スマートデバイスではなかったんだろうか？」

「しかしさっき君は、高哲生がバッグの中身を見て戸惑ったのは、それがスマートデバイスだった

からと言ったじゃないか」

その指摘に、被観察者は押し黙った。短い沈黙のあと、彼はようやく両手を挙げて、

「わかった。降参だ。答えを教えてくれ。吉亞とその共犯者は具体的にどうやって李麥克を殺害したんだ？」

「李麥克の死が、吉亞とその共犯者に関係がある――どうして君はそんなふうに考えるんだい？」

「李麥克は李多娜の息子じゃないか。李多娜を殺したいほど憎んでいたのなら、その息子を殺すことだって十分にありえる話だろ」

「まず君に考えてほしいのは、彼らがなぜこの島にやってきたのかということなんだ。どうだい？」

「デジタルデトックスのコースに参加するためだろう？」

観察者の問いに、被観察者はすかさず答えた。

「そう、つまり彼らはふだんの生活においても、デジタル機器を相当、使い込んでいる。李多娜が瑪那に話していたじゃないか。息子の李麥克はネットのない生活に耐えられず、人生を見失ってしまった――とね。そうだろう？」

「ああ。実際、彼はネットが使えないからといって、枕を何度も叩いて大声で喚《わめ》いていた。あの様子ときたら、まるで麻薬中毒者の禁断症状のようだった」

被観察者が答えた。

「それですべてが説明できるじゃないか」

「どういう意味だい？」

「李麥克はデジタル機器依存症になっていた。禁断症状が現れると、我を失い、自傷行為を行う傾

向があったんだ。彼は自分で手首を切り、ベッドから這い出すと、ドアのところまで歩いて行き——失血死した」

「ちょっと待ってくれ。もしあれが事故だったというのなら、どうして李麦克は助けを求めながら、自分でドアを開けなかったんだ？　それとも誰かが鍵をかけたというのかい？」

「李多娜とはどういう人物か思い出してくれ。彼女は、テクノロジーは人類に利益をもたらすと信じていた。だからこそ、テクノロジーの利便性を享受するために、スマートホーム環境の構築を目的とした起業をした。そんな母親のもとで育った李麦克は、自分でドアを開けられなかったんだ」

「き、君はいったい何を言っているんだ？」

「君がおどろくのも無理はない。でも考えてみてくれないか。ドアに向かって『開けて』と言えば自動的に開くような環境に育った子どもが、他の開け方を知っているだろうか。幼少期から、『手でドアを開ける』という概念が頭にない人間が、ドアの開け方を覚えるはずがない。もし君が未来人で、そうした技術を持たない後進国に旅行したとして、そこにあるすべての機器を使いこなすことができるかい？」

　その説明に、被観察者は疑わしい目つきになって、

「だがそれは君の推測に過ぎないんじゃないか？」

「確かにね。しかし単なる憶測というわけでもない。君が十分に意識していれば、多くのヒントを摑むことができたはずだ。例えば李麦克は閉まっているドアに対して何をしただろう。彼は手で開けずに、ドアに向かってぶつぶつ呟いていたじゃないか。私も最初は、彼がパニックになってうわ言を言っていると思ったんだが、後で調べてみたところ、彼はドアを開けるために『話しかけて』

いることに気がついたんだ。彼がこの島にやってきた初日に、あてがわれた部屋に入ってすぐ『エアコンをつけて』と言ってただろう。李多娜も息子の問題を十分にわかっていたから、彼の部屋のドアは閉めないようにしていたんだ。李多娜が死んだあと、高哲生たちが李麥克の部屋にやってきただろう。あのとき、君はドアが開いていたことに気づくべきだったんだ。彼らが部屋を出て行こうというとき、高哲生が手でドアノブの鍵を押し込んで閉めてしまった――それによって、間接的に悲劇は引き起こされたんだ」

　観察者はさらに言った。

「ドアパネルには血痕があったが、ドアノブやカンヌキには血痕が残されていなかった。李麥克は負傷した手でドアを叩いたが、普通の人がするようにドアノブをがちゃがちゃさせたり、カンヌキを外したりしなかったからさ」

　被観察者は納得のいかぬ顔で、

「よくわからないな。自宅で母親がそうした育て方をしていたとしても、外の社会と接触する機会はあったわけだろう。外出すれば、当然、開け閉めを自動で行うスマートドアだけでなく、普通のドアを目にすることだってあったはずじゃないか。自分でドアを開けることがなくても、誰かが手でドアを開けるのを見かける可能性だって当然あったわけだろう？　李麥克は確かにデジタル機器依存症かもしれないが、馬鹿じゃない。誰かがドアを開けているのを見たら、自分でドアを開けたことがなくても、開け方くらいはわかるはずじゃないか」

「確かにね。ただある事情があって、彼は日常生活において、誰かがドアを開ける場面に出くわしたことがなかったのさ。外出をしたとしてもね。これについてはあとで話をしようと思う」

「まったく、じらすなあ！」

被観察者がやんわりと抗議すると、それをはぐらかすように観察者は、

「次に、第三の殺人について話をしようじゃないか」

「わかった、わかったよ。また私が先に事件を整理すればいいのかな？　――穏やかに過ぎた前日と打って変わって、四日目の夜にその事件は起きた。被害者は劉東尼で、現場は蓮池の前だった。その日の午後七時、劉東尼はシャワーを浴びるため浴室に入り、ドアを閉めた。彼が入室する前に、三つのシャワーブースに問題はなく、窓がロックされていたことを私たちは確認している。また彼がシャワーを浴びている間じゅう、私たちは浴室のドアの前に立って、誰もそこに入らなかったことも確かめている。

　ふだんも劉東尼はシャワーを済ますのに五十分はかかるのだが、しかし、この日は出てくるのがあまりに遅かった。八時になってようやく異変に気づいた瑪那がドアをノックしに行ったが、劉東尼からの返事はない。そこで高哲生たちがドアを叩き始め、浴室のドアを開けると、中央のシャワーブースの鍵がかかっている。室内では水の流れる音がしていたが、やはり返事はない。高哲生がまたシャワーブースのドアを破ると、中には誰もいないことがわかった。

　シャワーブースの窓のクレセント錠はかけられていて、他の二つのシャワーブースも確認したところ、どちらの窓もロックされていた。それから、カンヌキのかかったホールの東側のドアを開けると、蓮池の前に台秤が移動して置かれていて、その上に劉東尼が心臓にナイフを突き立てられた死体となって座っていた。

　劉東尼がずっとシャワーブースにいたことは確認していたわけだから、彼が中央のシャワーブー

スの窓から外に出たことは間違いない。

これが他殺だとすれば、犯人は二つのいずれかの経路で外へ出て、彼を殺したと思われる。一つ目は、シャワーブースの窓だ。時系列で見ると、劉東尼がシャワーを浴びていたときに、高哲生と陳博士はとうにホールに戻っていたので、疑わしいのは三人の女性ということになるだろう。かりに、私たちが立っていたところからは見えないホールのドアからこっそり外に抜け出したとすると、少なくとも三人が共謀して行う必要がある。しかし、どこから出たにせよ、劉東尼がいたシャワーブースの窓とドア、そして浴室のドアがどのようにして内側からロックされたのかという問題は解決しない。そうなると最終的には自殺という結論しか出てこないことになる」

「説明ありがとう」

観察者は言うと、

「この事件に関しての疑問はあるかな？」

「もちろんだ。五つある」

そう言って、被観察者は指折り数えながら、

「疑問点を要約すると、次のようになるだろうね。

一つ目、劉東尼が窓から外に出たあと、窓のクレセント錠はどのようにしてロックされたのか？

二つ目、劉東尼はどうして窓から外に出たのか？　誰かに誘い出された？

三つ目、蓮池の周りにきちんと並べてあった水晶柱があちこちに散らばっていた。誰がやったのか？　そしてその理由は？

四つ目、なぜ劉東尼は台秤の上に乗っていたのか。そして死亡時に、体重が千六百グラム減った

のはどうしてなのか？　さらにこの劉東尼の体重から減少した千六百グラムが、そのまま瑪那の体重に加算された理由は？

　五つ目、この三件の殺人事件においては、君が事故死と断言した李麥克を除けば、二人はＶスマートスピーカー社の関係者だ。さらにこの島では、私の他に、房もこの事件には間接的に関係していることが判明している。李多娜を殺害したのが吉亞だとしたら、彼女もまたこの事件の関係者なのだろうか？　だとすると、朱莉《ジュリー》とはいったい何者なのか？　これに関してだが、朱莉には高哲生と歳が近い子どもがいることがわかっている」

　観察者は話を聞き終えると、

「君も第三の密室については、おおよそ見当がついているんじゃないのかい？」

「確かにね。ぱっと見ればすぐわかるほどに簡単なものだった」

　被観察者は得意げに指を鳴らしてみせると、

「劉東尼は浴室からは出ないで、シャワーブースの窓から外に出ると蓮池に行き、その後で殺されたんだ。もし犯人がホールから外に出たとすると容疑者は三人ということになるが、三人が共犯ということはないだろう。おそらく、あのとき女子浴室にいた三人の女性のうちの一人だろうね」

　観察者は微笑した。

「犯人は女子浴室のシャワーブースの窓を出て、同じくシャワーを浴びている最中に窓から出てきた劉東尼を殺害し、台秤の上に載せたんだ。それから、彼女は女子浴室のシャワーブースに戻ることなく、劉東尼が使っていたシャワーブースに入る。彼女はそこでシャワーの水は流したまま、窓のクレセント錠をかけてシャワーブースを出た」

観察者は口の端に笑みを浮かべると、

「だが、犯人が男子浴室から出てくるところを誰も見ていないんじゃなかったかな？」

「彼女は男子浴室から出ていかなかったんだ」

被観察者は得意げに言うと、

「彼女は劉東尼が使っていた中央のシャワーブースから出ると、そのまま左側のシャワーブースに入り、そこの窓から抜け出して、今度は蓮池を通って女子浴室に戻ったんだ。そしてシャワーを浴びたあと、堂々と女子浴室から出て行った」

「それで？」

「男子浴室のドアを叩いて、みんながいっせいに駆け込んだあのとき——さかんに中央のシャワーブースのドアを叩いている高哲生にみんなの注目が集まっている隙をついて、彼女は左のシャワーブースの窓のクレセント錠をかけたんだ。みんなこの単純なトリックに騙されたんだよ」

「犯人が誰かについては、君もすでに頭の中で考えているんじゃないのかい？」

「瑪那だろう？」

被観察者はきっぱりと言うと、さらに続けた。

「体重移動の謎の真相はわからないが、彼女が劉東尼の死に関与していたことは確かだろうな」

観察者はうなずいた。

「密室の謎はわかったものの、なぜ劉東尼があのとき窓から外に出たのかがわからない。そして、蓮池の周りに散らばっていた水晶柱にはいったいどういう意味があるんだろう」

「ほら、人は往々にして、答えがあまりにはっきりしていると、かえってわからなくなってしまうものじゃないか」

「どういう意味だい？」

「ちょっと時間を巻き戻してみようか……初日に彼らが島に着いたとき、劉東尼に割り当てられた部屋を覚えているかい？」

「第一フロアだったね」

観察者がうなずくのを見ると、被観察者はさらに続けた。

「陳博士と同じフロアだった。そのあと、李多娜の要望もあって、彼は第三フロアに移動した」

「そのとき彼は第二フロアの部屋を案内されたんだが、希望して第三フロアの部屋を選んだことを思い出してほしい」

「そうだった、そうだった。あのとき劉東尼は自分から第三フロアの部屋がいいと言った」

「あのときの彼の行動は、なかなか興味深いと思わないかい？」

観察者は微笑した。

「興味深いだって？　劉東尼は、自分が高哲生みたいな若者よりも体力があることを誇示したくて、わざわざ最上階の部屋を選んだってことかい？」

「その通り」

「彼は気まぐれな男だからね」

「それって、たくさんの銀を地面に埋めておきながら、『ここに銀はありません』と看板を掲げているのと同じだとは思わないかい」

被観察者は眉を顰めると、

「言っている意味がよくわからないな」

「劉東尼がデジタルデトックスのセミナーに参加した理由を覚えているかな？」

「彼は『瞑想に出会ったおかげで、薬も使わずに脚の障害を治すことができた』と話していたね。それから彼は定期的にこうしたセミナーに参加していたとか。それと銀の話にいったいどういう関係があるというんだい？」

「大ありさ」

観察者はさらに続けて、

「劉東尼の脚の障害は完治などしていなかったんだ。だから瞑想で脚の怪我が治ったという彼の主張も嘘だったのさ」

「もし脚が治っていないというなら、どうして彼は自由に歩き回ることができたんだ？」

「その質問については後で答えようと思う。今は第一の殺人に注目しようじゃないか」

そう言うと、観察者は大きく深呼吸をする。

「さっきも話した通り、ここで起こったすべてのことは、ある一つの核心的な真相を指し示しているんだ。覚えているかい？」

「謎はすべてそれで説明できると言ってたね。さて、いよいよその答えを教えてくれるということかな？」

観察者はうなずくと、

「答えは——時間さ」

「時間？」

「瑪那が話していたじゃないか。時間とは、私たちを現在から引き離し、過去や未来、記憶や想像、後悔や恐怖の中に閉じ込めてしまう幻想的な概念であるとね。しかし一方で、時間というものは確かに存在する。川の流れのように、長い時間の中で、一つの生命から万物にいたるまで、あらゆるものが生まれては死んでいく。一つの時代が終わり、また一つの時代が始まる。蒸気機関が紡織機に代わり、コンパクトディスクがカセットテープに取って代わり、フラッシュドライブがディスケットに取って代わった。音楽や映像のストリーミングは、従来のエンターテインメントのあり方にとっては脅威となる。３Ｄ空間に時間という尺度を加えると、万物は生まれて、成長し、死んでいく。時間という次元は、魔法の道具なんだ」

「君の言いたいことはつまり――二つの密室には、いずれも時間が関係している、ということなのかな？」

「ああ。吉亜が李多娜の部屋に入って彼女を殺害した後、部屋を出てから鍵をかけてあの部屋を密室にしたこと。そして高哲生と陳博士が、李麥克の部屋のドアの外でカンヌキがかかる音を確かに聞いたのも、すべて時間が作用していたからなんだ」

「時間が？　いったいどうやって？」

「この家が３Ｄプリンターでつくられたことは君も知っているだろう。３Ｄプリンターに時間を加えると、それは４Ｄプリンターになる」

「４Ｄプリンターだって？」

　被観察者は大きく眼を見開いて言った。

「それはなんなんだい？」

「４Ｄプリンターは、３Ｄプリンターに時間を加えたものなのさ。プリントの材料となる形状記憶素材が、時間の経過によって物理的に変化していくものなんだよ」

観察者はそう言った。

「なんだって。そんなもの、初めて聞いたぞ。具体的な例を示してくれないか？」

「劉東尼が話していたじゃないか。もともと彼の脚の治療は、体温で変形する形状記憶素材を用いる予定だったとね。低温で保存された形状記憶素材を体内に注入すると、体温の変化で膨張し、傷を修復することができるんだよ。この形状記憶素材は、光、水、温度などの特殊な刺激を受けると、時間の経過によって変形する」

観察者は畏敬の念を持って相手を見た。

「わかったぞ！　つまり、二つの密室には、経年変化する形状記憶素材を使っていたんだ！」

そこで被観察者はふと言葉を切ると、さらに言った。

「李多娜が亡くなったときは外はまだ暗く、李麥克の事件のときは明るかった。だとすると光の影響じゃない。それとみんなが李麥克の部屋に入ったときも、カンヌキに水や温度の変化は見られなかった」

「その答えが時間に関係しているのさ」

被観察者はしばらく考えていたが、ようやくそのことに思い至ると、大きな声で叫んだ。

「銅鑼だ！」

観察者はうなずくと、

「第一の殺人で、吉亞は李多娜の部屋に入り、ナイフで彼女を殺害すると部屋を出た。それから六時半になると、瑪那が銅鑼を鳴らしてみんなに食事の時間を知らせただろう。カンヌキは特殊な音の刺激によって変形し、ドアは自動的にロックされ、密室になったんだ。第二の殺人では、陳博士と高哲生が李麥克の部屋に駆けつけたところで銅鑼の音がやんだ。それによって、カンヌキがかけられ、密室が完成したんだ」

「そうだったのか……だが君はどうやってそのことを見つけたんだ？」

「事件の後、李麥克の部屋に戻ってみたじゃないか。すると床にカンヌキが落ちていて、その周囲に部品が散らばっているのに気がついたんだ。その前に高哲生が銅鑼を鳴らしている。瑪那が島を離れる前に、もう一度銅鑼を鳴らしたのを君は覚えているだろ。そのとき私たちは第一フロアに駆け上がり、自分の眼で李多娜の部屋の床に落ちていたカンヌキが膨張しているのを確認している」

「しかし、そんな特殊な素材をどうやって手に入れたんだろう？」

「瑪那はもともと大学の研究員だったんだ。劉東尼は彼女のことを荷莉《ホリー》教授の学生ではないかと、話していたじゃないか。特殊素材は彼女が研究で使っていたのさ」

観察者は考えながらうなずいた。

「これで密室の謎は解けたとして、劉東尼の事件はどうなんだい？」

「彼も同じように４Ｄプリンターで作成された外骨格を装着していたのさ。従来の３Ｄプリンターによる外骨格とは違って、この手の４Ｄプリンターで作成された外骨格は皮膚の温度に従って変化するから、皮膚にぴったりと貼りついて違和感もない。薄手の服を着ていても目立たないというわけさ。君は気がついていたかもしれないが、劉東尼はズボンをいちいち気にしていただろう。ズボンの裾がめくれ上がるたびに、それを直していた。私たちは当初、彼の細かいことにこだわる性癖じゃないかと思ってたわけだが、本当のところは、彼は脚を見せたくなかったんだろうね」

「それで千六百グラムか！」

被観察者は喘《あえ》ぐように声をあげると、さらに言いつのった。

「そう。外骨格の重さは千六百グラムで、瑪那は彼を殺害したあと、この秘密を気取られないように、彼の脚に装着されていた外骨格を取り外して、自分の足に貼りつけたんだ。それで彼女の体重が千六百グラムも増えてしまった」

「その通り。魂の重さじゃなかったのさ」

「じゃあ、劉東尼が台秤の上に座っていたのはどう説明するんだい？」

「君は気がついていなかったかもしれないが、劉東尼は島に到着した初日から、毎晩七時頃になると密かにどこかへ行っていたんだ。それで初日に彼が浴室を出ようとしたところで、下りてきた李多娜とばったり出くわした。殺人事件のあとは、全員がホールに集まっている間に、彼は七時になるとシャワーを浴びに行っていただろ。その目的はバッテリー交換をするためだったんだ」

「バッテリーを交換するだって？　どうしてそれがわかったんだい？　それにバッテリー交換のために、どうして彼は窓から抜け出す必要があったんだ？」

「建物の中に落ちていた水晶柱は劉東尼が落としたものだと、君はずっと勘違いしていたね。どうしてそう考えたんだろう？」

「彼は前から水晶に興味を持っているようだったからさ。李麥克が亡くなった後、彼は蓮池のところで水晶柱を眺めていたじゃないか」

「彼は水晶柱に興味があったわけじゃない。彼があの日蓮池に行ったのは、李多娜の死後、高哲生が彼を疑って荷物を調べようとしたからなんだ。李多娜の息子が亡くなった後、高哲生は彼にずっとつきまとった挙げ句、荷物を見せろと主張した。劉東尼の性格からして、自分の弱味を他人に知られたくなかったんだろう。そこで彼は、陳博士にバッグを預け、予備のバッテリーを蓮池に並べてある水晶柱に混ぜ込んでおいたんだ。それを房に見られたとき、とっさの才覚で水晶はエネルギーを云々という話をして、彼女の注意をそらそうとしたのさ」

「彼の話は全部でたらめだったというわけか！」

　被観察者もようやく呑み込めたらしく、

「その日から劉東尼が毎日、長時間シャワーを浴びるようになったのも、事件の後、瑪那が夕方になるとホールのドアにカンヌキをかけ、全員に二人一組で外出するように指示したからだったというわけか。自分の秘密を知られたくない劉東尼は、シャワーを浴びるのにかこつけて、シャワーブースの窓から外に出て蓮池に行き、水晶柱の山に隠しておいたバッテリーを取り出して交換し、また窓からシャワーブースに戻った。水晶柱の中にどんなふうにバッテリーを隠したんだろう？」

「彼が使っていたバッテリーは、一見すると水晶柱によく似ているんだ。ホログラフィーを用いた、平べったく、正方形で、ふしぎな色に輝くバッテリーを私たちもこの眼で見ているじゃないか」

「それはいつのことだい？」

「陳博士がバッグの中身を処分するため厨房に忍び込んだ帰り道さ。彼は何かを拾ったじゃないか」

「そうか。私たちはそれを水晶柱と思ったが、あれはバッテリーだったのか！　どうりで水晶柱にしては妙な形をしていると思ったんだ」

被観察者は突然叫ぶと、さらに続けて、

「じゃあ、そのバッテリーは、吉亞が願いごとをして蓮池に投げ込んでしまい――」

「今なら、君にもわかるだろう。劉東尼が殺されたあの夜、蓮池の周りに水晶柱が乱雑に散らばっていた理由が」

「劉東尼は、水晶柱の中からバッテリーを見つけ出そうとしていたんだな。必死に探したものの、バッテリーが切れてしまい、彼はその場から動けなくなってしまった……そこで車輪のついた台秤に座って、手で地面を漕ぐようにして建物に戻ろうとしたんだろう。そういえば掌の泥は雨で洗い流されてはいたが、爪の中にはまだ泥が残っていた」

観察者はうなずいた。

「しかし私はまだ混乱している。こうしたものは未だ研究段階にあると言ってたじゃないか。そんなものが市場に出回っていて簡単に手に入れられるものなんだろうか？」

「さっき話した通りさ。事件のすべてにおいては、時間というものが真相の中心にあるんだ。そもそも彼らが生きているのは二〇二〇年じゃない。二〇四三年なのだから」

「二〇四三年だって……ちょっと待ってくれ。君はそのことをどうやって知ったんだ？」

「房が話してたじゃないか」

「いや、私ははっきり覚えているぞ。彼女はそんなことは言ってなかった」

被観察者はいよいよ悩ましい顔つきになって、

「彼女は瑪那に、自分のいとこがVisudha製スマートスピーカーによる事件の間接的な被害者であると話していた。そしていとこの息子が高哲生と同い年で、二人とも二十五歳であると……最後に彼と会ったのは、いとこの葬儀のときだったから……そうだ。彼女はここを出たらその子に会いにいく、と高哲生に話していたじゃないか。だとするとその前に彼女が会ったのは——つまり」

　被観察者が途方に暮れているところに、観察者が口を挟んだ。

「最後に会ったとき、その子は二歳だった」

「なんてことだ」

「房のいとこの息子は二十五歳で、最後に会ったのはいとこの葬儀のときで、彼女のいとこと私の妻が亡くなったのは二〇二〇年のことだ。どちらも二十三年前のことだとしたら、今はつまり——二〇四三年ということになる」

「ああ、なんてことだ」

「この事実が証明された今なら、すべての質問に答えることができる」

　観察者はそう言うと、さらに続けた。

「例えば、高哲生がバッグを開けたときのあの表情だ」

「彼は一体何を見たんだ？」

「金だよ。現金さ。米ドル紙幣の札束」

「陳博士があのあと燃やすために持ち出したのは、本当に米ドル紙幣だったのかい？　だったらどうして高哲生は米ドル紙幣を見てあんな戸惑った顔をしたんだろう？」

「二〇二〇年にはすでに電子決済システムを導入して、現金を使わなくなった国もある。スウェーデンのようにね。今年二十五歳となる高哲生は二〇一九年生まれだ。彼は、スウェーデンに渡ってから一度も国外に出たことがない。

考えてみてほしい。そうした時代に育った子どもたちには、現金という概念がない。金銭の概念は、スマホの決済システムの数字と連動している。彼のような人間は、現金紙幣を眼にしたことがないんだろう。私たちの息子だって、最初にディスクを見たときは、おもちゃだと思って戸惑っていたじゃないか。

二〇四六年になれば、人類は現金紙幣をまったく使わなくなり、すべての取引はネット上で行われるようになると予測されている。だとすれば、高哲生が現金紙幣を見たことがないという可能性だって十分にありうる話だと君は思わないか。彼がそのことを誰にも話さなかったのは、後になってそれがなんだったかに気がついたからだ。価値のない『骨董品』に過ぎないと知った彼は、その後はもう、気にも留めなかった」

被観察者は考えこみながら、

「現金紙幣がもう一般に流通していないとしたら、どうして劉東尼は李多娜にそんなものを返そうとしたんだろう？」

「劉東尼自身が、李多娜に借りたものを『そのままのかたちで返す』と話していたじゃないか。まさにその通りの意味だったのさ。彼はとうに市場には流通していない現金紙幣を探し出してきて、古銭となったそれを李多娜に返そうとした。彼女からプレゼントされた古文書のような仏教の経典と同じさ。

この時代に経典本を眼にすれば誰だって驚くだろう。二〇一九年生まれの高哲生は、それを見て『いったいなんだろう』と思い、『そう言えば子どものころに一度だけ見たことがある』と話していた。その一方で、彼より年下の吉亞は『こんなもの、初めて見た』と言っていたが、言葉の意味をそのまま受け取れば、『骨董品となった経典を見たことがない』となるが、すべてのデータがデジタル化された未来においては『紙の本の実物を見たことがない』という意味になる。この島には紙とペンがなかっただろう。それはデジタルデトックスのための規則に従ったものだと思っていたが、違うんだ。この時代の人々は紙とペンをもう使わなくなっているんだ」

　被観察者は思わず声を上げる。

「なるほど、李麥克はふだんの生活でも、手でドアを開ける人を見たことがないだろうと言ったのはそういう理由だったんだな。二〇四三年、世界はすでに巨大なデータネットワークを形成しているのだから」

　観察者が言う。

「二十年も経っているんだから、李多娜は当然、陳博士の老け込んだ顔にも見覚えがない。陳博士の容貌には、時間が残酷なメスを入れたのさ」

「それが陳博士の整形手術か！　李多娜と劉東尼は二人とも医療業界に関わりがあり、いろいろなアンチエイジング・ケアを受けていたから、外見は陳博士より若く見えたんだな」

「そろそろまとめようか」

　観察者は、被観察者にそう促した。

「吉亞と瑪那の目的は、最初から劉東尼と李多娜を殺害することだった。彼女たちは左右棟双方の１０１号室に特殊な鍵を設えて、李多娜と劉東尼にその部屋をあてがい、二人を密室状況で殺害しようと目論《もくろ》んだ。ただ、そこで李多娜が息子の部屋を換えたいと要求してくるとは考えてもいなかった。李麥克は不幸な事故によって、Ｒ１０１号室で死んでしまった。もう一人のターゲットである劉東尼は、吉亞に秘密を知られたあげく、バッテリーを池に捨てられて、瑪那に殺害された」

「その通り」

「彼らがこの島にやってきた最初の夜、高哲生が陳博士に『ホールで瑪那さんを待っていてくれませんか』と言ったのは、高哲生が間違えて彼に伝えたわけではなかったんだ。瑪那は最初からそうするつもりだった。李多娜の死後、部屋から衛星電話やデジタル機器が盗まれたという瑪那の話もすべて嘘、瑪那と吉亞の自作自演だったということだね。衛星電話はずっと彼女が隠し持っていて、主催者とは毎日連絡を取り合っていたんだろう。救助隊がやってくるのが遅れたのもそれが理由だ。高哲生の推理も半分は正しかったが、まさか犯人が瑪那とは思わなかったんだろう！」

　観察者はうなずいた。

「そうなると、残された重要な問題は一つしかない」

「動機だね？」

「ああ。もし現在が二〇四三年だとすると、瑪那は私の妻が自殺したとき、まだ七、八歳だったということになる。吉亞はまだ生まれてもいない。彼女たちは、この事件にいったいどんな関わりがあるというんだろう？　そして彼女たちと朱莉との関係は？」

「彼女たちは朱莉とはなんの関係もない」

「じゃあ、砂にあの名前を書いたのはいったい誰だったんだ？」

「陳博士さ」

　観察者は言った。

「彼は米ドル紙幣を燃やしたことがばれるのではないかと気が気ではなかった。劉東尼が皮肉っぽく方向音痴のことを口にしたとき、注意をそらすために、地面に朱莉の名前を書いたんだ。陳博士と李多娜は以前は恋人同士だったから、当然、スマートスピーカーの事件のことも知っていた」

「だったら吉亜と瑪那は――」

観察者は笑うと、

「二人は恋人同士だったんだよ」

「なんだって？」

被観察者は息を呑んだ。

「どうしてそんなことがわかったんだい？」

「ほんの些細なことさ」

「珈琲と蜜棗《インドナツメ》みたいなものでね」

観察者は笑うと、

「もっとはっきり言ってくれ」

「吉亜と瑪那が二人で行動していることはほとんどなかったが、よくよく観察していれば、二人はお互いをよく知っていることがわかっただろう。例えば房が珈琲は一杯分しか残っていないと言ったときのことを思い出してくれ。吉亜はまだ飲んでいない瑪那を無視して自分の分を注いでいたじゃないか。そのときは高哲生が気がついて、珈琲を瑪那に譲ろうとしたんだが、そのとき瑪那がなんと言ったか覚えているかい？」

「自分は珈琲を飲まないから、と言ったんじゃ？」

「その通り。吉亜は瑪那が珈琲を飲まないことをすでに知っていたから、残りを全部自分用に注いだんだ」

「それはちょっとうがち過ぎじゃないか。吉亞は単に自分勝手な人間だったのかもしれない」

「いや。吉亞は見た目はあの通りだが、他人を気遣う女性なのさ。例えば、吉亞は蜜棗が好きだ。だが、彼女は自分の分として二つしか手に取らなかったじゃないか。食事が終わってもまだ残りがあるときだけ、それを手に取って部屋に戻っていた」

観察者は言った。

「瑪那に関してだって、君は見ていたはずじゃないか。彼女はいつもほぼ同じ数しかとらなかった。もちろん蜜棗も。だが、最後の食事のときは、彼女は蜜棗を一つも取らなかった。吉亞のために取っておいたのさ」

「君はよく見ているな」

「観察者だからね。十分にクリアな意識があってこそ、真実を見抜くことができるというものさ」

「だが、この矛盾には気づかなかったようだね」

被観察者は大きく眼を見開くと、さらに言った。

「瑪那と吉亞が恋人同士だとすると、どうして吉亞は『彼氏がいる』と言ったんだろう？　吉亞は嘘をついていたのかい？」

「矛盾はしてないさ。それが真相なのだから」

観察者はきっぱりと言った。

「真相というのは？」

「瑪那と吉亞が李多娜と劉東尼を殺したということさ」

「君はまだ動機を教えてくれていないね」

「動機は私たちの妻だ」

観察者はそう切り出すと、

「妻が自殺したその年に、私たちの息子はちょうど八歳だったろう？　だとすると、彼は今、三十一歳ということになる」

「君は何を言おうとしているんだ？」

「瑪那は私たちの子どもだよ」

被観察者は衝撃のあまり言葉も出ない。

しばらくの沈黙のあと、観察者はゆっくりとした口調になって言った。

「瑪那——つまり私たちの子どもである周未來は、生まれたときの体は女性だった。だが五歳になって、あの子は私たちに話したじゃないか。自分は男の子だ、とね。私たちが彼のことを『娘』と呼んだり、『どんなスカートがいい？』と訊いたりすると、決まってあの子は泣きじゃくったじゃないか。小児精神科の医者に診《み》てもらった結果、私たち夫婦は、あの子の意思を尊重して、自分の好きなようにすればいいと決め、それ以来、あの子を『娘』ではなく『息子』と呼ぶことにした」

被観察者は完全に押し黙ったままだったが、ようやく口を開くと、

「つまりすべては瑪那と吉亞の計画で、劉東尼と李多娜を殺害したのも、私たちの妻の復讐のためだったと？」

「その通り」

「だが彼女たちは、例のカンヌキを現場に置いていったじゃないか。警察が見つけたらどうするつもりなんだ？」

「見つけるだろうね」

被観察者は体を固くして、いくぶん不安げな顔で言った。

「どうして彼女たちはあれを持ち去らなかったんだろう？」

「妻が未來に話していたからさ。私の小説について言っただろう。人を殺した者は最後に罰せられるべきだ、とね」

「そうだとしたら、なぜそこまでして密室にこだわる必要があったんだ」

「なぜなら、ここは、ミステリを書かなくなった作家のために、あの子が現実世界につくり出した密室だからさ」

長い沈黙が続き、被観察者はひどく悲壮な顔で溜め息をつくと、ようやく口を開いた。

「説明してくれてありがとう」

被観察者はそう言うと、「これで完全に理解できたよ」と付け加えた。

「どういたしまして」

観察者はそう言って、ゆっくりと立ち上がった。

二人は鏡に相対するようにお互いを見つめている。

「瑪那——つまり未來のことだが、彼は正しかったんだ。人間の脳は思考に、そして心は意識に支配されている。無意識を意識に転換することで、心の中の感情に操られることなく、すべての真相を見つめることができるようになる」

「その通り。彼は正しかった」

「だが君はすべての謎に対する真相を理解しているわけじゃない」

ふいに被観察者の口調が変わり、不気味なものになった。

「この島で起こったことをすべて解き明かしたよ、私は」

観察者は答えた。

「そうだろうか？」

被観察者はゆったりとした口調になって、近づいていく。

「では教えてくれないか。私は何者で、君は何者なんだ？　君はいったい誰なんだ？」

観察者が初めて凍りついたように身を固くする。

「私は誰なんだ？　そして君はいったい何者なんだ？」

「そうだ。私は誰だ？　そして君は何者なんだ？」

被観察者がゆっくりと近づいてくる。

「君は自分が心であり、意識であり、観察者であると言う。君は私が脳であり、心であり、被観察者であると言う。だが君の話していた通り、呼吸をしなくなれば、肉体は意識や思考から切り離される。意識は塵となり、大地や空の一部になる。では、どうして君はここにいる？　そして私はどうしてここにいるんだ？」

観察者はいよいよ後ろの壁にまで追いやられると、

「そうだ」

ついに声をあげた。観察者は生真面目に首を傾げて、

「私はいったい誰なんだ。そして、なぜここにいるんだ？」

ああ！　どうしよう！

Ｋ子は両掌で口許を覆ったまま、眼の前のスクリーンをじっと見つめていた。

ふと我に返ると、慌ててブレスレットに眼をやった。自分がまだグリーンゾーンにいることを確認して、ほっと一息つく。

彼女はついに殺人者を突き止めたらしい。

本当にあの人が殺人者だったの？

あの男は寝ていると話していたが、心拍数を見れば起きているのは明らかだった。

それに彼は、九十九歩でゾーン２からゾーン４に移動したと言っていたが、ただ往復しただけという可能性も捨てきれない。

Ｋ子は胸が締めつけられるような不安を感じていた。胸底からこみ上げてくる吐き気に堪えながら、一刻も早くＹＹを見つけ出して、殺人者から引き離さなければ、と思う。

そのときだった。ブレスレットが凄まじいビープ音を発し、彼女はスマートグラスを確認する。

心臓が停まるほどの衝撃に彼女は言葉を失っていた。

ＹＹの心拍数カーブが０に変わっている……。

同時に、ＹＹの歩数計の数値が突然動き出す。

周云生『データコクーン』

第六章

宏大な白い空間である。

その部屋に一人の少女が座り、壁に映し出されたスクリーンを見つめていた。

画面は二つに分割され、一方には映像が、もう一方にはリンクつきのテキストが表示されている。

彼女が手首を振るだけで、映像とテキストがスクリーンを流れていく。

振動を感じて、少女が手首を掲げると、眼の前にはうっすらとスクリーンが立ち上がる。

彼女は電話に出る。

「見終わった？」

電話の向こうから、もう一人の少女の声がした。

「小説とバーチャルムービーの両方とも見たよ」

少女Aはそう言うと、

「まさかこんな感じだとは思わなかった」

「思わなかったって、どこが？」

「周云生《ジョウユンション》があんな推理をしたってこと。でも面白かったよ」

少女Aは言うと、

「私には予想通りだったけどな」

　少女Ｂが言った。

「あと、『周云生があんな推理をしたってこと』っていうのは、『周云生のＡＩが』ってことだよね」

「私たちは、実在した周云生がもう死んじゃってることは知ってるからね。スクリーンに映し出されているのは、ビッグデータから生み出された周云生のＡＩだもの」

「小説の『プロローグ』も読んだよ。周云生って、かなり有名な作家だったんだね。デジタルテクノロジーが大好きで、いろいろとデータを集めていたんだって。彼に興味を持った制作会社が、膨大なデータを使って周云生のＡＩをつくり出して、クローズドサークルものの物語に組み入れてみたんでしょ」

「周云生のＡＩにリアル世界のプログラムを走らせながら、彼をライティングプログラムに変換して書かせたのがこの小説ってわけね。グラフィックとサウンド、それにテキストを使った新しいエンタメとして、今これが大人気なんだよ」

「そうそう。今の時代ならではのエンタメって感じ」

「でもこれって、本当に問題ないの？　なんていうかさ、道徳的、倫理的に——」

「データはただのデータじゃない。本物の周云生はとっくの昔に亡くなってるんだし、いいんじゃないの？　彼のＡＩが書いた小説でも、彼の意識は天地と一体化してるとか、書いてたし」

　少女Ｂはあっさりと言った。

「わかった。じゃあ、周云生のＡＩの推理に話を戻そうか。どうしてこんな感じじゃない、と思ったの？」

「だって、彼の推理ってあまりに現実離れしてるじゃない」

　少女Ａはそう言うと、

「そもそも今は二〇四三年じゃないし、瑪那だって彼の子どもじゃない。それに二〇一四年に発明された4Dプリンターで使える形状記憶素材に、音の刺激によって変形するものなんて、今だってまだ存在しないんだもの。それに、物語の中で、高哲生が『Ｖではじまるスマートスピーカーの会社』みたいな話をしていて、それを聞いた周云生のＡＩはそこから『Visudha』だって推理してたよね。でも、人間は自分の記憶を頼りに未来を推測することしかできないのだから、この程度ものなのかな」

「それって、そんなにおどろくこと？　この映像もそうだし、クローズドサークルもののお話だって、ＡＩが収集したいろんなデータから自動生成されたもので、周云生とはなんの関係もないものでしょ。私なんか、むしろＡＩが生成した舞台と自分を繋げちゃうことに感動したけどな」

　少女Ｂがそんなことを言った。

「それに、そういうことって周云生のＡＩだけじゃないしね。この五十年間、未来学者だって未来を正確に予測しようとしても全然駄目だったんだし。さっきあなたが言ったみたいに、彼らも過去のデータを元にして未来を考えることしかできないんだから」

「そう言えばそんな話が何かの小説にあったかも。人の心はハードディスクに保存されている有限のデータみたいなものだって。その有限のデータは、彼の過去そのものであり、彼の過去の経験と記憶である。彼の思考はすべて、こうしたデータに基づいている——とかなんとか」

「そうよ。その通りなんじゃないかな。砂糖と塩しかなければ、ケーキだってつくることはできないんだし、それと同じ」

「私たちが小麦粉を加えるみたいに違ったデータを彼のモデルに加えていたら、このミステリだって、まったく違った結末になってたかもしれないね」

「そうね」

「でも私、この小説を読んでいるうちに、もし周云生のＡＩが、自分はリアリティショーに出演しているだけなんだって知ったら、どう思うんだろう、なんて考えちゃった。あなたはどう思う？」

「彼はただのＡＩなんだから、そんなことわからないに決まってるじゃない。彼は物語の中で動くようにプログラミングされただけの存在なんだから」

「もう！　瞑想を試してみたらどう？　脳の内側前頭前野と上側頭溝が活性化されて、もう少し人の気持ちに共感できるようになるかもよ。人間だってロボットが苦しんでいるのを見ると、人間が苦しんでいるのを見たときと同じ脳の領域が活性化するそうじゃない。だったら人工知能にだって、それと同じことが起こるのかもって話。進化が人間の脳をそういうふうに変えてしまったのよ」

少女Ａは言った。

「へえ。じゃあ今がまさにそんな感じってわけね」

少女Ｂは言った。

電話を切ると、少女Ａはそれきり黙った。しばらくして、また手首を振ると、折りたたまれたスクリーンが壁に現れる。

少女がいくつかのコマンドを入力すると、スクリーンは窓枠へと変わり、青い空と白い雲が映し出される。

少女はその雲を見つめていた。

人類の技術がこれだけ進歩して、すべてのデータをネットにアップロードして保存できるようになったというのに、死んだ人たちがどこへ行くのかはわからないままだ——ふと、彼女はそんなことを考える。

亡くなった周云生もまた、雲の一部になってしまったのだろうか。

Ｚは一人でベッドの下にうずくまり、低い嗚咽《おえつ》を洩らしながら、いつ犯人がここにやってくるのだろうと考えていた。

彼はそっとバーチャルスクリーンを起動する。

それをベッドの上に映し出すと、自分の『ライフストリーム』をクリックした。

彼が生まれた瞬間から、人生に起こったことのすべては、この『ライフストリーム』へ瞬時にアップロードされている。

彼が撮影した写真にビデオ、彼が聴いた音楽、観た映画、読んだ電子書籍や記事など、人生のあらゆる要素はここに流れ着き、一条の長い川となる。

この川の流れは終わるのだろうか？

昨年の『きょう』のタイムラインをクリックすると、動画がポップアップする。彼は音を消す。

それは夏であり、島であり、海であり、空であり、去年のあの瞬間だった。彼の傍らに妻と息子の明るい笑顔が現れる。音もなく、眼の前には映像だけが流れていく。

彼は静かに涙を流していた。

周云生『データコクーン』

引用文献

6・159・160・162・176ページ　ジョン・ダン「瞑想録　第17」大久保康雄訳を参考に玉田誠訳
59・200ページ　北島「無題」　玉田誠訳
53・193ページ　「大パリニッバーナ経」　中村元訳を参考に玉田誠訳

君のために鐘は鳴る――王元

島田荘司

第七回 金車・島田荘司推理小説賞候補作
「随機死亡」凌小霊
「棄子」傅真
「喪鐘為你而鳴（邦題：君のために鐘は鳴る）」王元　**受賞**

二〇四〇年代、コンピューター社会は、かつてこのテクノロジーを考案した才能たちが想定していたとりあえずの終着点に到達した。都市生活を送る上での煩雑な日常の手続き、たとえば朝起き、窓やカーテンを開ける。コーヒーを淹れる、朝食を作る、清潔な下着の用意。自室を出るためにドアを開ける、エレヴェーターを呼ぶ、高層アパート一階から自動運転の車に乗り込む、目的地をインプットする――。

　こうしたことは作中に逐一書かれてはいないが、おそらくこうした煩雑な日常のルーティンから、われわれ人間の体、特に両手は解放されている。そうならこれらの作業や判断に要する人間の記憶や、判断思考の一部機能は退化している可能性がある。さらには、勤務先周辺に存在するさまざまな機械操作も、生活者の動線を先廻りしたネットワークが、あらゆる可能性を想定して至れり尽くせりにつながっているから、ヒトは、口頭による最低限の指示だけで楽に行動できる。

あるいは、言葉による指示も不要かもしれない。朝食を摂ってのち自室ドアを開けるように命じた瞬間、その時刻や服装等から、そうした条件の日の指示者の行動を、コンピューターは無数のパターンから選び出して、前方の受け入れ態勢を完璧に整えるかもしれない。指示者の気分が途中で変わることも想定しておけば、こうしたシステムへの心配も、格別なかろう。

こうした時代が到来したおり、人間の判断力や単純機械の操作能力は、果たしてどの程度残っているものか。つまり原始的な所作をどこまで憶えているか。青天の霹靂のごとき停電時、超高層で目覚めた人間は、果たして独力で地上までたどり着けるものか、興味深い設問と言うべきではないか。

こういう時代、人間は、「殺人」という行為を成すことができるものか。コンピューター社会はそれを許すのか。そもそも他者の命を奪うという原始的行為は、抱いた動機に対して、未だ充分な合目的性を維持できているか。さらにはそういう一連の行為を描写し、説明する「本格ミステリー」と呼ばれる小説群は、どう変容するか。成立可能であり続けているか、それとも意味を失っているか。あるいは根源的疑問として、こうした社会における人間とは、王のような命令権と、絶対服従の社会を手に入れた特権者なのか。それとも出来のよい機械によって巧妙に生かされている瓶の蟻なのか。

そもそも「本格ミステリー」というこの煩雑な言語群は、誰に向かって送り出されるエンターテインメントか。いったい誰を楽しませようとする？　コンピューター社会も、そこで生かされている人間たちも、殺人の達成感に関心を失するものに変節を遂げていれば、この経緯を描写し、嫌疑を逃れようと画策を巡らす小説は、誰も楽しませることはない。少なくとも、瓶の中の蟻は楽しまない。それでもこの小説は書かれるか？　いったい誰によって？　誰のために？

殺人計画を楽しむというヒトの脳力は、記憶と関係する。人の心は記憶というハードディスクに定着させられた経験群から発生し、これが未来予測に対しては驚くほど無力であるがゆえに、エンターテインメントとして成立可能になっているのではないか。ではコンピューターネットワークにとっては、殺人の記録など、格別血も肉も躍らない、商社における出納簿程度の散文的な数字の羅列かもしれない。

街中に無限と言えるほどの監視カメラがあふれれば、果たして犯人は、『ギリシャ棺の謎』のような大掛かりなトリックを実行することができるか。スマートスピーカーが家庭内のあらゆる会話を、音声データとして記録する時代に、完全犯罪を行うことが果たして可能か。

ある人物に犯罪傾向があるかどうかを事前に判断できる時代、果たして犯罪は行われ得るのか。警察がビッグデータの分析を大々的に行う時代に、重大犯人は十年以上にわたって身を隠すことは可能か。

日本に始まった新本格と呼ばれる創作のブームは、孤島や吹雪の山荘など、警察の捜査権限が届かない僻地における密室プレイを至上の舞台と規定したが、このような時代、プレイヤーたちは密閉された館内において互いを監視し、メンバー各自の歩数計をチェックし、自身の歩数と他の参加者の歩数を比較して、相手の居場所を突き止めるだろう。

死体を発見した際には、部屋に設置されているスマートメーターをチェックし、犯行後、トイレを使った人間を推測もする。

密室を構成する装置を、３Ｄコピーマシンで簡単に制作できる時代なら、さらにその上を構想することになる。３Ｄに時間軸発想を加えた４Ｄコピーマシンが存在すれば、密室を構成する材料に、形状記憶を持たせることも可能になり、こうしたツールは無数に想定し得る。

このような時代においても、「本格ミステリー」を面白いと感じる視線や感性を持ち込みたいなら、それは同時代の登場人物たちの感性からは離れ、未だテクノロジーが成熟し得ないままさまよっていた、過去の人間たちを考える必要がある。つまりスマート社会内に、数十年過去からの視線を強引に創り出すほかはないことになろう。

そこで作者は言う。この唯一の解決策は、「時間軸」を大胆に転換させることだ。デジタル機器やデータをアップロードできない非インターネット時代に、物語の舞台を戻すことであろうと。

そこでテクノロジー成熟の近未来、あえて日本の新本格が好んだ典型的な設定の内部に、登場人物たちを呼び寄せる。集める理由としては、「デジタルデトックス」というもっともらしい理屈が用意される。

小船に乗せられて孤島の桟橋に接岸、上陸し、島に建つ建物の密室内に各自ベッドルームを与えられて、何日か逗留することになる。そして、この異常なまでに成熟したテクノロジーの毒を、体内から吐き出させる療法を施される。

小瓶に、強引に蟻たちを入れた作者はこう宣言する。

「これからの五日間、みなさまがテクノロジーの影響力から解放され、自分の心と身体を取り戻すお手伝いをさせていただきます。みなさまが五日間過ごされるこの島には、電気もネットもありません。サニタリーのため、水道水だけは使うことができます」

いわば二〇四〇年代の人間たちが、日本の新本格発生当時の一九八〇年代に戻されるわけだが、作者の意図は、なんとその時代で満足はしない。さらに五つの要求を繰り出す。

「第一に、デジタルデトックスの期間中、みなさまには、会話をはじめ、他人とのスキンシップ、視線を合わせることは控えていただきます。

第二に、この五日間は菜食のみといたします。一日二食で、昼食後の飲食はできません。

第三に、この期間中は、読書やメモをとること、音楽を聴くことも禁じます。

第四に、化粧をしたり、匂いのあるケア用品を使用したりしないでください。また装飾品の着用を控え、提供いたしました白い服とズボンを着用してください。

五つ目ですが、殺生は許されません。以上です」

これではコンピューター登場以前や、新本格台頭以前を大きく通り越し、アメリカのベンジャミン・フランクリンが雷雨の日に凧を上げた時代に戻ってしまう。

そしてこの革命的な物語の重大なキーが、登場人物たちの桟橋到着の場面に示されている。続々と上陸してくる登場人物たちの目には、何故なのか、記述者が映らない。ここに、この作品のユニークな着想のいわば骨が露出する。

かくして登場人物が島に勢ぞろいし、事件の描写は開始されるが、劇的であるはずの描写群が妙に冷たく、フラットで、とりわけ人間たちの描写に、読書人の気を引こうとするような文芸的な厚み、面白みが乏しい。これも「十角館」以降の日本の新本格作家たちが、読み巧者たちにひとつ覚えのように言われ続けた批判が、意図的に引き受けられていて、巧みな計算を先行露出させている。

つまりは、日本の「十角館」が内包した問題提起が、迂闊な批判への皮肉という意味で、ようやくのように骨太の必然性を現したように思われて、選者は感慨を抱かされた。

かくして説明は驚くべき結部に向かうのだが、小説を描いていた者は、ある意味予想通り、ことの経緯を唯一面白がるであろう、蟻を瓶に入れた存在だった。この露見こそは前代未聞で、間違いなく多くの読み手を驚かせるだろう。

この斬新で優れた着想を披露した大型新人は、台湾の人でも中国の人でもなく、われわれの熱い視線の外にあった、南方マレーシアからの才だった。このことが選者には予想外にして最大の喜びであり、大きな期待を抱かされた。

この作は、二十一世紀という新たなタームにおいて、当賞一回目の受賞作『虚擬街頭漂流記』と並び、コンピューター時代にあるべき「本格」の、新たな可能性を示した優れた思考実験であったと評価し得る。

この作品の出現を契機に、マレーシアが新たな「本格ミステリー」創作の王国となってくれることはないものか。そしてこの国が加わることで、いよいよアジアが「二十一世紀本格」を牽引するリーダーとなり得ることを世界に示す、高らかな鐘の音とならないものか、そんな期待と夢を、この優れた作品は、日本から来た者に抱かせた。

著者紹介　**王元**（おう・げん）

1980年代生まれの中華系マレーシア人。金融機関勤務を経て作家となる。2010年にマレーシア赤トンボ児童小説賞銀賞を受賞し、児童小説創作の道を歩み始める。2017年、短編コメディ脚本「差一點先生（もうちょっとさん）」がマレーシア・スター脚本賞を受賞し映画化された。2019年「海洋裡的密室（海中の密室）」で第17回台湾推理作家協会賞を受賞。2021年、本作で第7回金車・島田荘司推理小説賞を受賞。

訳者紹介　**玉田誠**（たまだ・まこと）

1967年、神奈川県生まれ。青山学院大学法学部卒。台湾において日本ミステリの紹介や台湾ミステリの評論を行っている。訳書に『世界を売った男』『網内人』（陳浩基）、『おはしさま　連鎖する怪談』（三津田信三・薛西斯・夜透紫・瀟湘神・陳浩基）、『台北野球倶楽部の殺人』（唐嘉邦）などがある。

君《きみ》のために鐘《かね》は鳴《な》る

二〇二三年九月十日　第一刷発行

著　者　王《おう》元《げん》
訳　者　玉《たま》田《だ》誠《まこと》
発行者　花田朋子
発行所　株式会社 文藝春秋
〒一〇二-八〇〇八
東京都千代田区紀尾井町三-二三
電話　〇三-三二六五-一二一一（代表）

印刷所　図書印刷
製本所　図書印刷

ISBN 978-4-16-391747-4　Printed in Japan